아무것도 모르는데

모든 게 엉망진창
할 수 있는 것은 독서뿐

엄마가 되었습니다

김연희 에세이

아무것도 모르는데

**모든 게 엉망진창
할 수 있는 것은 독서뿐**

엄마가 되었습니다

김연희 에세이

프롤로그

아이와 함께 바다에 놀러간 적이 있었다. 아이가 놀기에는 파도가 높은 동해보다 잔잔한 서해가 좋았다. 아이는 넓은 갯벌에서 조개나 게 잡는 것을 좋아하고, 느릿느릿 파도가 밀려오는 얕은 바다에서 찰박찰박 물장구를 치며 까르르 웃었다. 우리는 바다가 넓게 보이는 창문이 있는 방을 얻었다. 창가에 서서 보면, 바다가 반짝거리고, 하늘이 멀고 깊었다. 어느 아침, 우리는 오전 내내 바닷가에서 실컷 놀고, 오후에 낮잠을 잤다. 남편과 아이는 귀엽게 코까지 골았다. 영화의 한 장면이라고 해도 좋을 만큼 아름다운 광경인데, 그 앞에서 나는 죽고 싶다는 생각을 했다.

누구에게도 말하지 못했지만, 육아를 하는 동안 종종 그런 충동이 들었다. 그런 충동은 짓궂은 누군가가 던진 공처럼 갑자기 날아왔고, 나는 불쑥 떠오른 생각에 놀라고, 당황하고, 슬퍼졌다. 그럴 만한 이유가 없었다. 남편은 성실하고, 아이는 무럭무럭 자라고 있었다. 아이를 낳고서 소설집이 출판되었다. 나쁘지 않은 상황인데, 종종 어딘가에서 날아오는 우울이라는 공을 맞고 나는 주저앉았다. 우울은 사정을 봐주지 않았다. 마트에서 장 볼 때, 아이에게 동화책을 읽어줄 때, 설거지할 때, 갑자기 공격했고, 그럴 때마다 나는 텔레비전이나 신문에서 보았던 산후 우울증에 걸린 산모에 대한 기사를 떠올리곤 했다. 그건 남의 이야기가 아니었다. 내가 그녀들처럼 극단적인 선택을 하게 될까봐 두려웠다.

나는 결혼한 지 8년 만에 아이를 낳았다. 서른여섯 살이었으니, 딱 노산의 경계였다. 비슷한 시기에 결혼한 친구들은 초등학생의 학부모가 되어 있는데, 나는 핏덩어리 갓난아기를 품에 안고 있었다. 내가 원해서 가진 아이이지만, 암담하고 당혹스러운 마음이 드는 건 어쩔 수 없었다. 나는 거대한 미션을 부여받은 것 같았다. 버거운 일은 도움을 요청해야 하는 법인데, 나는 소위 말하는 외강내유의 성격이었다. 이를 테면, 모임에서 술을 주량보다 잘 마시는 척했고, 밤을 새워도 다음 날 아무렇지 않은 척했으며, 돈이 없어도 내가 연장자이면 밥값을 냈다. 그러니 친정어머니에게도, 여동생에게도, 남편에게도 힘든 내색을 하지 못했다.

노산인 데다가 체력도 좋지 못하면서 남들이 다 하니까 나도 할 수 있을 거라고 스스로를 다그쳤다. 조리원에서 지낸 뒤로 혼자서 아이를 돌보며 생활했고, 남편은 아침 여덟 시에 나가서 저녁 여덟 시에 돌아왔고, 토요일에도 저녁 여섯 시까지 일했다. 혼자 아등바등 버티다보니 끊임없이 아팠다. 돌이켜 생각해보면 그 첫 징조는 화장실에 자주 가는 것이었다. 임신 중반기부터 화장실에 자주 갔고, 후반기로 접어들자 자다가도 두어 번씩 일어나서 화장실에 갔다. 게다가 아기가 태어난 뒤에는 모유 수유 때문에 하루에 물을 2리터씩 마셨다. 2리터를 마시는 건 하루 종일 물을 마시는 것과 같았고, 나중에는 물이 가득한 위에서 찰랑거리는 소리가 들릴 지경이었다. 나는 수시로 화장실에 들락거렸고, 약속이 있어서 나갈 때는 화장실에 가지 못하게 될까봐 걱정이 되었다.

그리고 출산 뒤에 추위를 많이 타는 체질로 바뀌었다. 아기를 낳기 전에도 몸이 따뜻한 편은 아니었는데, 더 심해졌다. 겨울이 되면 손발이 얼음처럼 차가웠고, 수시로 감기에 걸렸다. 어렸을 때부터 기관지가 좋지 않은 편이어서 감기에 걸리면 기침을 많이 했는데, 이제는 밤새도록 기침을 했고, 잦아들 기미가 없었고, 새벽에는 머리가 지끈거리고, 눈이 튀어나올 것 같았다.

근력이 부족한 것도 문제였다. 솔직히 아기를 낳기 전에는 무거운 것을 들 일이 없었다. 그런데 3킬로그램이 넘는 아기를 아기띠에 메고 다녀야 했다. 그러지 않으면 밖에 나갈 수 없었다. 외출할 때 뿐 아니라 집에서도 대변을 보면 안아서 화장실에 가서 씻겨야 하고, 수유할 때마다 안아야 하고, 울면 안아서 달래야 했다. 아기의 몸무게는 매일 늘어났고, 거의 10킬로그램에 육박할 때까지 그런 생활이 계속되었다.

그럼에도 불구하고, 아기를 키우는 것은 즐거운 일이었다. 아기는 매일 조금씩 달라진 얼굴로 나를 향해 웃었다. 나는 행복하면서 힘들었다. 묘한 이중생활이고, 그 와중에 나는 짬짬이 책을 읽었다. 소설을 쓰는 사람이라면 누구나 그렇지만, 나는 어릴 적부터 책을 좋아했다. 문학만큼 재미있는 것은 없다는 것을 살아갈수록 깨

닫고 있었고, 아이를 낳은 뒤로는 새로운 책을 읽기보다는 전에 읽던 책 위주로 다시 읽었다.

책 속 등장인물들은 나의 오랜 친구였다. 그들은 세계 각국에 흩어져 있고, 나는 그들의 삶의 일부를 나누어 가졌다. 나는 그들의 삶에 내 삶을 비춰보고, 그들과 함께 여행했다. 섬세하게 꼽아보지는 않았지만, 내 안에는 대략 천 명 이상의 책 속 주인공이 살고 있고, 나는 육아를 하는 동안 그들을 만나며 위안을 얻고, 쉬었다.

내가 텔레비전이나 신문에 '산후 우울증으로 인해 자살한 여성'으로 등장하지 않고 이렇게 살아 있는 것은 책 속 그들 덕분이고, 그들을 공유하고 싶다는 생각이 든 건 아이가 어린이집에 다니고, 아이 친구 엄마들을 사귀기 시작하고부터이다. 그녀들도 나와 비슷한 과정을 겪었다는 걸 알게 되었고, 나의 경험이 조금이나마 도움이 될 수도 있겠다 싶었다.

이 글이 단 한 명의 엄마에게라도 도움과 위안을 준다면 더 바랄 게 없다.

차례

이런 설렘

제1부

여름휴가의 채털리 부인

그녀는 엘로이즈와 사랑하던 시절에 아벨라르와 엘로이즈가
정열의 모든 단계와 세련됨의 극치를 모두 경험했노라고 하
던 아벨라르의 말의 뜻을 종종 궁금하게 생각했었다. 그런데
이제 그것을 알 것 같았다. 천 년 전이나, 만 년 전이나 그것은
똑같았던 것이다! 똑같은 것이 그리스 항아리에도 그려져 있
고, 또한 세상 어디에나 있었다! 정열의 세련됨의 극치, 관능
의 무절제! 그리고 잘못된 수치심을 다 불태워버리고 육체의
가장 무거운 광석을 탐지해내어 순수하게 제련해내는 것은
반드시 필요한 것이다. 순전한 관능의 불길로써.
데이비드 허버트 로렌스, 『채털리 부인의 사랑』에서

데이비드 허버트 로렌스의 『채털리 부인의 사랑』을 읽

었다면, 아마도 이 세상이 얼마나 편견으로 뒤덮여 있는지에 대해 한번쯤 생각해보았을 것이다. 나에게 이 책은 그런 의미였다. 읽을 때마다 여러 가지 생각이 드는 책이고, 그래서 2014년 여름, 이 책을 여름휴가에 가져가려고 골랐다. 대학교에 다닐 때, 결혼하기 전, 그리고 그때가 세 번째로 읽는 것이었다.

그해 여름휴가 목적지는 고성 금강산 콘도였다. 그곳은 남편과 내가 즐겨 찾는 곳으로 우리는 그즈음 시간이 나면 금강산 콘도에 가곤 했다. 둘 다 바다 보는 것을 좋아하고, 눈으로 보기에는 서해보다 동해가 나았다. 깊이 일렁이고 꾸준히 밀려오는 바다 앞에서 우리는 둘 다 무장 해제되었다. 걱정거리가 물러가고, 자연이 밀려들었다. 숨을 크게 쉴 수 있고, 날숨에 몸속의 독소 같은 게 빠져나가는 것 같았다.

평소 남편과 나는 곧장 고성으로 가지만, 그해에는 대관령 양떼 목장에 들렀다. 7월이지만, 강원도의 아침은 에어컨이 필요 없었다. 목장 버스의 창문을 활짝 열고 꼭대기까지 올라갔다. 목장 꼭대기는 어디를 둘러보아도 초록 아니면 파랑이었다. 그리고 새하얀 풍력 발전기. 남편과 나는 손을 맞잡고 길을 따라 내려갔는데, 얼마 지나지 않아 구름을 젖히고 햇살이 드러났다. 목장에는 나무가 드물고, 남편과 나는 모자가 없었다. 우리는 고개를 푹 숙인 채 도망치

듯 목장 아래까지 내려왔다.

자동차에 오를 때는 기분이 엉망이었다. 목 뒤가 후끈거리고 선크림을 바르지 않은 팔다리가 따갑고, 왼쪽 머리가 욱신거렸다. 나는 종종 편두통에 시달렸다. 편두통은 햇빛, 급격한 온도 차, 불규칙한 생활, 스트레스 때문에 발병했고, 그건 언제나 발병할 수 있다는 걸 의미했다. 아마도 햇살이 너무 강했던 것 같고, 속초까지 가는 동안에도 햇살은 거침없이 유리를 투과하여 내 피부에 꽂혔다. 햇빛 가리개를 내리고, 얇은 모슬린 담요를 덮어도 소용없었다.

힘들어도 속초 중앙 시장을 거를 수는 없었다. 거기는 필수 코스이고, 우리는 금강산 콘도에 갈 때면 늘 중앙 시장에서 장을 보았다. 주요 메뉴는 닭 강정이나 활어회지만, 단팥고로케와 단호박 식해, 씨앗 호떡도 빼먹은 적이 없었다. 편두통만 아니었다면 사 먹었을 것이다. 하지만 머리가 타종한 것처럼 울리면서 욱신거려서 무언가 입에 넣을 수 없었다.

우리는 닭 강정을 사고, 중앙시장에서 십여 분 거리에 있는 물회 가게로 출발했다. 남편이 가게 근처에 자동차를 세웠다. 나는 가방을 뒤져서 두통약을 삼키고, 차 문을 열고 나가는 남편에게 손을 흔들었다. 남편은 서둘러 걸음을 떼었고, 앞 유리 너머는 빛으로 뒤덮여 있었다. 흰빛이 팽창하고 있었고, 아스팔트와 슬레이트 지붕과 허물어진 담장과 잎이 무성한 나무가 묵묵히 빛을 견디고 있었다.

두통은 나아질 기미를 보이지 않았다. 나는 의자를 젖히고 누워서 『채털리 부인의 사랑』을 읽어 볼까 하다가 눈을 감았다. 그저 잠시 감고 있으려 했는데, 눈을 뜨니 이십여 분이 지나 있었고, 낮잠을 별로 자 본 적이 없는 터라 놀랐고, 자고 일어나니 편두통이 조금 개였고, 남편에게 전화를 걸었다. 남편은 물회 가게에 도착했을 때 대기가 오십 명이 넘었는데, 이제 세 명밖에 남지 않았다고 말했다.

얼마 지나지 않아 남편이 흰색 스티로폼 박스를 들고 돌아와서 시동을 걸었다. 우리는 이전에 금강산 콘도에 몇 번 가본 적이 있지만, 여름에 찾은 건 처음이었다. 성수기라서 그런지 주차장에 빈자리가 없고, 로비에 사람이 많았다. 우리가 종종 찾던 가을과 겨울에는 주차장과 로비가 텅 비어 있어서 이렇게 사람이 없는데도 영업을 하는 게 신기할 지경이었고, 새로운 상황이 낯설었다.

여름의 금강산 콘도는 활기가 넘쳤다. 어깨가 두툼하고 배 나온 중년 남자가 보물 상자처럼 아이스박스를 어깨에 메고 다른 손에 소주상자를 들고 있고, 머리카락이 긴 소녀가 분홍색 홍학 튜브를 허리에 끼고 뛰어다니고, 하와이언 셔츠를 입은 할아버지가 선글라스에 밀짚모자를 쓰고 바쁘게 로비를 가로질렀다.

안내 창구에도 줄이 길었다. 우리는 한참 동안 기다리고서야 열쇠를 받았고, 엘리베이터 앞에 줄을 서야 했다. 사람으로 꽉 찬 엘리베이터 세 대를 보내고서야 우리는 간신히 엘리베이터에 몸을 구겨 넣을 수 있었고, 나는 방에 도착하자마자 창문을 전부 다 열어 젖힌 다음 소파에 길게 드러누웠다.

남편은 주차장으로 가서 캐리어와 가방을 가지고 왔다. 닭 강정과 물회를 가져오기 위해 한 번 더 주차장에 다녀와야 했다. 우리는 결혼 7년차여서 어느 정도 역할 분담이 끝난 상태였다. 여행지 숙소에 도착하면 남편이 짐을 나르고, 나는 정리했다. 그러나 그날은 꼼짝도 하고 싶지 않았다.

오후 두 시였다. 서울에서 출발해서 지금까지 먹은 것이라고는 양떼 목장에서 사 먹은 컵라면 두 개가 전부였다. 남편이 닭 강정과 물회를 거실 테이블로 가지고 왔다. 두꺼운 종이 상자를 열자 붉고 반질거리는 닭 조각이 드러났고, 새하얀 스티로폼 박스 안에는 가늘게 채 썬 당근과 무와 상추와 양배추가 가득 들어 있는 플라스틱 그릇이 들어 있었다. 남편은 플라스틱 그릇에 불그스름한 육수를 붓고, 작은 비닐봉지에 들어 있는 오징어, 한치, 해삼을 넣었다.

이제껏 물회를 먹으며 단 한 번도 그런 생각을 한 적이 없는데, 유독 그날은 불그죽죽한 물에 채소와 해산물이 떠다니는 게 음식물 쓰레기 같다는 생각이 들었다. 입도 대기 싫었지만, 나는 몸을 일으켰다. 남편은 물회를 좋아하지 않았고, 닭 강정보다 물회가 비쌌고, 적어도 한 젓가락은 먹어야 할 것 같았다. 물회는 언제나 그렇듯 새콤달콤 매콤하고, 아삭한 채소와 고소한 해산물이 어우러져 맛있었다. 분명히 내가 좋아하는 맛인데, 입맛이 돌지 않았고, 속이 불편해서 젓가락을 내려놓고, 도로 소파에 누웠다. 옆에서 닭 강정을 먹던 남편이 왜? 아직 머리 아파? 맛없어? 하고 물었다. 나는 대답 대신 팔을 이마에 얹고, 눈을 감았다. 이상하게도 내가 햇살에 뜨겁게 달구어진 아스팔트 위에 버려진 아이스크림 같았다. 왠지 조금 슬펐고, 녹아서 아스팔트로 스며드는 것만 같았다. 아래로, 아래로, 깊이, 깊이, 지구 내부 어딘가로.

삼십 분 뒤, 잠에서 깨어난 나는 무언가 달라진 걸 느꼈다.

세 개의 임신 테스터

　　남편과 나는 둘 다 약학 대학을 졸업했고, 임신 즈음에는 둘 다 관리약사로 일하고 있었다. 내가 다니는 약국도 임신 테스터를 취급하는데, 나는 남편에게 *임신 테스터를 사다달라고 부탁했다. 왠지 그러고 싶었고, 남편은 각기 다른 회사에서 나온 테스터를 세 개나 사가지고 왔다.

　　확실하게 하고 싶어서 임신 테스터 세 개를 한꺼번에 사용했다. 세 개의 임신 테스터가 나란히 세워지고, 시간이 지나자 첫 번째 붉은 줄이 그어지고, 이어서 또 다른 붉은 줄이 나타났다. 모두 여섯 개.

　　그걸 보며, 나는 여러 가지 감정에 휩싸였다. 거울 속에는 웃지도 않고, 울지도 않고, 무표정한 것도 아닌 얼굴이 있었다. 수많은 감정을 어떻게 처리해야 좋을지 모르는 얼굴이고, 결국, 나는 엄마가 되었구나, 라고 생각했다.

"내가 보고 싶었나요?" 그녀가 물었다.

"당신이 그런 꼴을 보지 않아서 다행이라 여겼소."

또다시 침묵이 흘렀다.

"하지만 당신과 나에 관한 소문을 사람들이 '정말로' 믿던가요?" 그녀가 물었다.

"아니오! 조금도 믿는 것 같지는 않았소."

"클리포드는요?"

"믿지 않았을 거요. 그것에 관해 생각도 안 해보고 한쪽 귀로 듣고 흘려버렸소. 하지만 자연히 그런 소문으로 해서 나를 더 이상 보고 싶지 않게 되었소."

"난 아이를 가졌어요."

그의 얼굴과 몸 전체에서 표정이 완전히 사라져버렸다. 그는 어두워진 눈으로 그녀를 바라봤는데, 그의 그런 표정을 그녀는 전혀 이해할 수 없었다. 그것은 마치 어두운 불꽃의 영혼이 그녀를 바라보고 있는 것 같았다.

"기쁘다고 말해줘요!" 그의 손을 찾아 더듬으며 그녀가 애원했다.

어떤 환희가 그의 속에서 샘솟아 나오는 걸 그녀는 느꼈다. 그러나 그 환희는 그녀가 이해할 수 없는 일로 가라앉고 말았다.

"그건 앞날의 일이오." 그가 말했다.

데이비드 허버트 로렌스, 『채털리 부인의 사랑』에서

　데이비드 허버트 로렌스는 멜로즈의 마음에 환희가 샘솟아 올랐지만 이해할 수 없는 일들로 인해 그물에 걸린 듯 억눌려 가라앉았다고 표현했다. 나의 남편은 세 개의 임신 테스터를 보더니 뻥 뚫린 것 같은 표정을 지었다. 남편에게서 감정들이 튀어나와 공중으로 흩어지는 것처럼 보였다. 그런 와중에도 무언가 해야 한다고 생각했는지, 팔을 들어 내 어깨를 다독여주었다.

　한참 동안 우리 사이에 침묵이 흘렀다. 결혼한 지 8년이나 되었고, 우리와 비슷한 시기에 결혼한 친구들은 모두 아이가 있었다. 남편과 나는 지난 8년 동안 친구들의 아이들이 자라는 모습을 지켜보았다. 친구들은 좋은 부모이고, 부모의 책임을 다하기 위해 노력했고, 우리는 그게 그렇게 바로 연결되는 게 신기했다. 우리는 사랑해서 결혼했지, 아이를 낳으려고 결혼한 건 아니었다. 그러니까 아이를 낳고 싶은 마음이 들기까지 무려 8년이 걸린 셈이었다.

*임신 테스터

임신 테스터는 인간 융모성 생식선 자극 호르몬(HCG, Human Chorionic Gonadotropin)을 이용한다. 인간 융모성 생식선 자극 호르몬은 통상 HCG 호르몬이라고 불리는데, 당단백질 호르몬의 일종으로 태반의 영양막세포가 만든다. 이 호르몬은 황체의 퇴화를 억제하여 황체호르몬이 황체로부터 분비되도록 하고, 그로 인해 임신이 유지된다. 착상되면 2개월까지 분비되고, 3개월이 지나면 농도가 낮아진다. HCG 호르몬은 주로 밤에 나오므로 아침 첫 소변으로 검사하는 게 좋고, 배란 테스터와 마찬가지로 술이나 물을 많이 마시면 호르몬이 희석되어 결과가 제대로 나오지 않으므로 주의가 필요하다.

배란 테스터를 사용하고 있다면

가깝든 멀든 어딘가로 떠날 때면, 김승옥 소설가의 『무진기행』의 한 구절이 떠오르곤 한다.

턱이 덜그럭거릴 정도로 몸에서 힘을 빼고 버스를 타고 있으면, 긴장해서 버스를 타고 있을 때보다 피로가 더욱 심해진다는 것을 알고 있지만 그러나 열려진 차창으로 들어와서 나의 밖으로 드러난 살갗을 사정없이 간질이고 불어가는 유월의 바람이 나를 반수면 상태로 끌어넣었기 때문에 나는 힘을 주고 있을 수가 없었다. 바람은 무수히 작은 입자粒子로 되어 있고 그 입자들은 할 수 있는 한, 욕심껏 수면제를 품고 있는 것처럼 내게는 생각되었다. 그 바람 속에는, 신선한 햇볕과 아직 사람들의 땀에 밴 살갗을 스쳐보지 않았다는 천진스러운 저

온低溫, 그리고 지금 버스가 달리고 있는 길을 에워싸며 버스
를 향하여 달려오고 있는 산줄기의 저편에 바다가 있다는 것
을 알리는 소금기, 그런 것들이 이상스레 한데 어울리면서 녹
아 있었다.

김승옥, 『무진기행』에서

김승옥 소설가의 말처럼 바람에는 수면제가 있는 게 분명하
고, 남편이 운전하는 동안 나는 잠을 잤다. 천안에 사는 대학 동창이
넓고 좋은 아파트를 사서 친구들을 초대했다. 남편과 나는 캠퍼스
커플이고, 동기 중에 커플이 많아서 우리는 자주 만났고, 집들이
형식의 초대가 간혹 있었다. 집들이하는 친구는 한 해 전에 결혼했
고, 그해에 결혼한 친구가 둘이었는데, 한 친구는 벌써 임신 5개월
이었다.

어쩌다 보니 우리가 가장 먼저 도착했고, 친구의 아내는 우리
에게 시원한 매실 음료를 내주었다. 우리는 음료를 마시며 주방 창
너머로 보이는 소나무와 깔끔한 흰색 소파에 관해 이야기했다. 한
동안 화기애애하게 대화를 나누었고, 분위기가 부드러워질 즈음에
거실 테이블 아래에 있는 *배란 테스터가 눈에 들어왔다. 먼저 말을
꺼내지 않았는데, 시선을 느꼈는지 친구가 얼마 전부터 확인하고

있다고 말했다. 친구의 아내는 아직 서른도 안 되었지만, 우리가 서른 중반이니 그럴 만도 하다는 생각이 들었다.

이해가 되면서 동시에 신경이 쓰였다. 친구의 아내는 나이도 어리고, 결혼한 지 1년도 안 되어서 부담을 느낄 것 같지 않지만, 배란 테스터를 사용하고 있다면 조금은 기다리고 있다고 봐야 했다. 그런 그녀 앞에서 나를 포함해 임신한 내 친구까지 둥근 배를 내밀고 왔다 갔다 한다고 생각하니 부담스러웠다. 친구들과 함께 모여 시간을 보내는 건 즐거운 일이지만, 나는 틈틈이 친구 아내 눈치를 살폈고, 눈치 살피는 걸 들키지 않을까 신경이 쓰였다.

> 덜컹거리며 달리는 버스 속에 앉아서 나는, 어디쯤에선가, 길가에 세워진 하얀 팻말을 보았다. 거기에는 선명한 검은 글씨로 "당신은 무진을 떠나고 있습니다. 안녕히 가십시오"라고 쓰여 있었다. 나는 심한 부끄러움을 느꼈다.

『무진기행』의 주인공은 무진을 떠나며 부끄러움을 느꼈지만, 나는 다음 날 친구의 집을 떠날 때 마음이 가벼웠다. 다행히 얼마 지나지 않아 친구의 아내가 아기를 가졌다는 소식이 들려왔다.

*배란 테스터

임신 테스터와 마찬가지로 호르몬을 이용해서 배란을 예측한다. 생리
주기 중반인 배란일이 다가오면 하루에 0.2~0.3cm 정도로 자라던 난
포가 빠르게 자라면서 배란과 황체 형성을 촉진하는 황체생성 호르몬
(LH 호르몬, Luteinizing Hormone)의 농도가 급격하게 증가하다가 감
소한다. 배란 테스터는 바로 이 황체형성호르몬의 양을 측정해서 배
란을 예측한다.

배란 테스터는 오전 8시에서 10시 사이의 소변으로 측정하고, 배란
테스트 스틱을 받아놓은 소변에 3초 동안 담갔다가 5분이 지난 뒤 결
과를 확인한다. 테스트하기 두 시간 전부터 물을 많이 마시지 않는 게
좋다.

배란 테스트 스틱에는 대조선과 테스트 선이 있다. 대조선의 색은 일
정하게 유지되고, 테스트 선은 황체생성호르몬의 양에 따라 흐리다가
진해지고 어느 시점에서 다시 연해진다. 색이 진하다가 흐릿해지는
날에 배란이 이뤄진다고 보면 된다. 효과적으로 비교하기 위해 스틱
을 노트에 붙이거나, 사진을 찍어서 휴대전화 애플리케이션으로 확인
한다. 최근에는 배란 테스터를 판매하는 회사에서 애플리케이션을 배
포하는데, 사진으로 비교하면 보기에 편하다.

검사의 연속

아기를 가지기 전에 나는 산전 검사를 받았다. 서른다섯 살이어서 노산이고, 건강이 좋은 편도 아니어서 받아보고 싶었다. 검사는 오래 걸리지 않았고, 일주일 뒤에 두툼한 책 한 권을 받았다. 그건 임신해도 괜찮다는 허락이었고, 온갖 의학용어와 약자를 풀어쓰면 대강 다음과 같았다.

임신 전에 받아야 하는 가장 중요한 검사는 풍진이다. 풍진은 바이러스성 질환으로 감기처럼 가볍게 앓고 지나가는 경우가 많은데, 문제는 임신 초에 감염되면 태아가 선천성 심장질환에 걸리거나 귀머거리, 정신박약이 될 수 있다는 거였다. 그렇기에 임신을 준비하고 있다면 풍진 검사를 반드시 받아야 하고, 검사 결과 항체가 없으면 예방 접종하고, 접종하면 3개월 이상 피임해야 한다.

풍진 이외에도 임신부가 간염 보균자이면 간염 백신을 맞아야 하고, 결핵 검사와 자궁경부암 검사를 받고, 초음파로 난소 모양과 자궁 근종을 확인해두는 게 좋았다. 임신하면 철 요구량이 늘어나므로 빈혈 검사를 하고, 혈액형 검사를 해서 혹시 있을지 모르는 응급 상황에 대비했다. 매독은 선천성 결함을 초래할 수 있었다. 그 외에 임질, 에이즈, 클라미디아 등도 검사했다. 소변 검사로 임신 중독증, 당뇨병, 요도염, 신우신염, 신장병 등을 진단해서 유산과 조산의 위험을 줄일 수 있다.

건강한 아이를 출산하기 위해서는 남자도 검사를 받는 게 좋았다. 남자의 경우에는 건강한 정자를 생산하기 위해 임신 3개월 전부터 금연, 금주하고, 스트레스를 피하며, 적절히 운동하고, 영양 섭취를 충분히 해야 했다. 그 밖에도 성적인 접촉으로 감염될 수 있는 간염, 성병은 검사를 통해 확인해두어야 했다.

임신 사실을 안 뒤에는 산부인과를 정해야 했다. 내가 사는 집 근처에 분만까지 할 수 있는 산부인과는 두 곳이었다. 그건 많지 않은 숫자이고, 예약하고 가도 진료를 받으려면 삼십 분씩 기다려야 했다.

임신 테스터의 두 줄을 보고, 병원에 갔더니 의사가 아직 초음파로 아무것도 볼 수 없으니 일주일 뒤에 다시 오라고 했다. 나는 간호사와 예약 스케줄을 잡았고, 그런 식으로 아기를 낳을 때까지 계속 예약했다. 산부인과 의사들은 분만 때문에 당직을 돌아가면서 맡아서 나오지 않는 날이 있고, 예약이 꽉 찬 날도 있었다. 그런 날을 피해 날짜를 잡고, 매달 가서 검사를 받았다. 말 그대로 검사의 연속이었다.

산부인과에서 임신 여부를 판단하는 1차적인 방법은 소변이었다. 소변으로 임신을 확인하고 나면, 초음파로 아기집, 즉 임신낭이 제대로 착상되었는지 살펴보았다. 초음파 검사는 임신 기간 전반에 행해지는데, 아기가 제대로 크고 있는지 구체적인 수치로 알려주는 근거가 되었다. 산모가 산전 검사를 받았다면 생략할 수 있지만, 그렇지 않다면 간염, 빈혈, 성병, 소변, 풍진, 혈액형 검사도 임신 초기에 받았다. 임신 13주 이전에 태아 목 투명대의 두께를 측정하여 기형 여부를 판독했다.

중기에는 4중 지표 검사Quad Test로 기형아를 점검했다. 검사를 통해 염색체 이상이나 신경관 결손이 의심되면 전문의와 상담을 거쳐 양수 검사를 시행했다. 임신 20주가 되면 정밀 초음파 검사를 하고, 24주에서 28주에 임신성 당뇨 검사를 시행했다. 임신성 당뇨인 경우 거대아 등 기형아 발생의 우려가 커지므로 주의를 기울여야 했다.

후기에는 입체 초음파로 태아의 외형을 확인하고, 30주 이후에는 초음파로 태아의 위치를 살폈다. 만약 머리가 아래로 향하지 않으면 위치 교정 운동을 권했다. 그리고 임신 중독증이 의심되는 경우 소변으로 단백을 측정하고, 양수 파수가 의심되면 나이트라진 검사를 받았다.

그 외에도 태동 검사를 통해 아기의 심장박동과 태동과 자궁 수축을 측정하고, 출산에 대비해 빈혈 검사를 다시 한 번 했다. 출산이 임박하면 내진으로 골반의 크기, 태아의 위치, 자궁 경부의 상태 등을 살폈다.

매달 검사를 받다 보니 어느덧 출산 예정일에 가까워졌다. 그건 내가 모든 과정을 통과했다는 의미이고, 감사한 일이었다. 하지만 마음 한편, 저 구석에서는 이 모든 게 너무 기계적인 게 아닌가 하는 생각이 들었다. 내가 공장에서 사용하는 원재료가 된 것 같고, 온갖 품질 검사를 통과하고, 마침내 완제품을 생산해내기 직전인 것만 같았다. 괴이한 상상이지만, 편혜영의 「통조림 공장」에는 그러한 과정이 섬세하게 설명되어 있다.

박은 고등어를 골랐다. 취향과는 상관없었다. 꽁치라면 좀 질러 있었다. 박과 마찬가지로 대개의 사람들이 꽁치를 담당했다면 고등어를, 고등어를 담당했다면 꽁치를 골랐다. 오랫동안 꽁치를 만졌던 손의 감각으로 고등어는 통통해서 잘 잡히지 않았다. 고등어를 오래 만졌던 사람들은 얇고 가느다란 꽁치를 자주 놓쳤다. 얼마 지나지 않아 꽁치든 고등어든 똑같아졌다. 품목만 달라졌을 뿐 모든 과정이 동일했다. 토막 내고 내장을 다듬고 양념하여 조리하고 밀봉한 후 살균, 냉각 과정을 거쳐 포장했다.

입덧에는 오만과 편견

나에게는 여동생이 있는데, 그녀는 나보다 3개월 먼저 임신했다. 여동생은 임신 초부터 입덧이 심했다. 수시로 토하고, 음식 냄새도 못 맡았다. 반면에 나는 신기하게도 *입덧이 거의 없었다. 임신 초에 약간 울렁거리기는 했는데, 버스를 탔을 때 느껴지는 거북함과 비슷한 정도였다. 편의점에서 파는 건조한 비스킷이나 생강 사탕을 먹으면 가라앉는 가벼운 입덧이었다.

보통 입덧은 임신 4~7주에 시작해서 11~13주에 절정이고, 12~14주가 되면 없어지는 것으로 알려져 있다. 드물지만 20주까지 지속되거나 출산할 때까지 고통을 겪는 경우도 있다. 입덧의 주요 증상은 구토이고, 그 밖에 두통, 소화불량, 속 쓰림, 허리통증 등으로 나타나기도 한다. 입덧의 정확한 원인은 밝혀지지 않았지만, 황체호르몬이 구토를 일으키는 뇌의 중추신경을 자극해서 나타나는 것으로 보고 있다.

여동생은 후기로 갈수록 나아졌지만, 예전 같지 못했고, 임신했는데 살은 오히려 빠져서 안쓰러웠다. 그런 여동생이 재미있는 책이 있으면 추천해달라고 했다. 나는 입덧을 잊을 수 있을 정도로 재미있는 책이 무엇일까 고민하다가 제인 오스틴의 『오만과 편견』을 골랐다. 영화로도 몇 번 만들어졌지만, 책이 훨씬 더 좋았다. 가볍게 읽을 수 있으면서도 가볍지 않은 이야기.

이 소설의 강점은 동요하는 감정을 있는 그대로 보여주는 거였다. 이를 테면, '엘리자베스는 눈을 동그랗게 떴다가 얼굴을 붉혔다가 의심을 품었다가 다음에는 벙어리가 되고 말았다. 다르시 씨는 이것을 엘리자베스가 자극을 받아 흥분한 탓이라고 생각하고 곧 이어서 그가 엘리자베스에게 오래전부터 느껴온 감정을 고백하기 시작했다' 혹은, '그래도 그의 목소리에는 무엇인가 침착하지 못한 데가 있었다. 자기를 보고 그가 고통을 느꼈는지, 혹은 기쁨을 느꼈는지 엘리자베스로선 알 길이 없었지만 그가 태연하지 못했던 것만은 확실했다.' 또는 '엘리자베스는 여느 때와는 달리 어색하고 초조한 그의 입장을 알아차리고 억지로 말을 하지 않을 수 없었다. 그래서 유창하지는 않았지만, 그동안 자기의 감정이 실질적인 변화를 겪었다는 것을 곧 그가 알아들을 수 있을 만큼 이야기했다. 그

리고 그의 변함없는 사랑에 감사하고 기쁘게 생각한다고 말했다'
와 같은 구절들.

섬세하고 주의 깊은 구절들을 읽고 있으면, 내가 그들 속에 있
는 것 같고, 동시에 그들의 마음을 헤집어 볼 수 있어서 즐거웠다.
이러한 경험은 다른 책에서는 좀처럼 하기 힘들고, 그게 어떤 경험
인지 궁금하다면, 제인 오스틴의 『오만과 편견』을 읽어야 한다.

*입덧에 먹는 약, 디클렉틴
디클렉틴은 병원에서 처방을 받아서 먹는 약인데, 비타민 B6와 독실
아민의 결합체이다. 비타민B6는 혈액의 주요 성분인 헤모글로빈 합
성, 단백질 생성, 세로토닌 분비에 영향을 미치고, 독실아민은 수면
유도제로 약국에서도 구입이 가능하다. 가격이 비싸지만, 복용하면
입덧이 한결 덜해져서 식사도 하고, 잠도 잘 수 있다.

조화로운 팥빵을 입에 물면

나는 임신 전에는 빵을 좋아하는 편이 아니었다. 그런데 단편 소설에 베이킹에 대한 내용을 넣어 볼까 싶어서 오누마 노리코의 『한밤중의 베이커리2』라는 책을 읽었고, 그 책에는 여러 가지 빵에 대해서 나오는데, 그걸 읽고 나서도 빵이 먹고 싶다는 생각보다는 여러 가지 빵의 이름과 빵 만드는 과정을 설명하는 용어들에 관심이 생겼다. 스콘, 크루와상, 티라미수, 믹싱, 발효, 성형, 중숙 등.

그랬는데, *임신은 사람의 식성을 바꾸어놓았다. 가벼운 입덧이 지나간 뒤에 나는 빵을 향한 식탐이 치솟는 걸 느꼈고, 『한밤중의 베이커리2』 속에 나오는 구절을 비로소 이해할 수 있었다. 책에서는 크루아상에 대해 맛있으면서 아름답다고 묘사하고 있었다. 베어 먹으면 바삭 하는 소리를 내며 녹고, 버터 향이 퍼지고, 한 박자 늦게 밀가루의 달콤함이 느껴진다고 했다. 특히, 바삭거리는 표면과 반대로 씹으면 안쪽의 부드러운 식감이 나타나서 두 번 맛있다고 표현했는데, 그 표현은 정확한 것이었고, 나는 격하게 공감하지 않을 수 없었다.

졸지에 빵순이가 된 나와 남편은 주말마다 빵집 투어를 다녔다. 우리는 서울에 있는 유명하다는 빵집은 거의 다 가보았다. <김영모 베이커리>부터 <나폴레옹 과자점> <리치몬드 과자점> <루엘 드 파리> <아오이 토리> <이성당> <삼송빵집> <풍년제과> <피터팬>까지. 빵집마다 내세우는 빵이 제각기 달라서 구경하는 것도, 무얼 맛볼지 고르는 것도, 하나씩 먹어보는 것도 즐거웠다.

<김영모 베이커리>는 몽블랑이라는 돌돌 말린 페스트리 빵이 괜찮고, 파운드 케이크는 어느 것을 골라도 기대 이상이었다. <나폴레옹 과자점>은 사라다 빵과 바닐라 슈가 맛있고, <리치몬드 과자점>에서 먹은 바닐라 빈이 박힌 아이스크림은 출산 후에도 생각났다. <루엘 드 파리>를 통해 크루아상의 맛에 눈을 떴는데, 아몬드 크루아상, 초콜릿 크루아상 모두 독보적이고, <아오이 토리>는 일본인이 경영하는 빵집인데, 야키소바 빵이 독특했다. 간장에 볶은 국수 같은 것을 빵 사이에 넣어 먹는데, 면이 불어 있지 않고, 빵과 섞이는 식감도 좋았다. <이성당>은 팥빵과 야채빵이 유명하지만, 개인적으로 식빵을 선호하는데, 두툼한 데다가 먹었을 때 식감이

쫄깃쫄깃했다. <삼송 빵집>은 옥수수빵과 팥빵 모두 베스트이고, <풍년 제과>의 초코파이, <피터팬>의 랑그드샤와 봉쥬르도 최고였다. 랑그드샤는 프랑스식 전병인데 애벌레처럼 꼬불꼬불 구부러져 있어서 바삭바삭 부서졌고, 봉쥬르는 딱딱한 초코 껍데기를 뒤집어쓴 초콜릿 빵이었다.

나는 빵집에 가면 베스트 메뉴와 그날 사고 싶은 빵, 그리고 팥빵을 꼭 샀다. 팥을 좋아해서 팥빵을 즐겨 먹었고, 팥빵이 없는 빵집은 없었다. 팥빵은 대개 매대 한구석에 놓여 있고, 마니아가 있어서 거를 수 없는 빵이었다. 언젠가부터 나는 팥빵에 빵집의 정신이 집약되어 있는 것이 아닌가 하고 생각하게 되었다. 팥빵에 팥소가 듬뿍 들어 있으면 인심이 넉넉할 것 같고, 팥소의 단맛이 은은하면 재료 본연의 맛을 안다는 생각이 들었다. 팥소를 둘러싼 빵도 중요한데, 빵의 양이 적당하고, 팥과 함께 입안에서 섞이면서 푸근한 식감을 제공해야 했다. 그 사박자가 맞아떨어지는 팥빵을 만드는 빵집이라면 어느 빵이든 믿고 살 수 있었다.

사박자가 맞아 떨어지는 조화로운 팥빵은 그리 쉽게 맛볼 수 있는 게 아니었다. 그러한 팥빵을 발견하고, 입에 물면, 살아 있는 이유를 알 것 같은 기분이 들었고, 세계를 향해 감사의 마음이 솟아올랐다.

*임신 뒤 식성

임신 뒤 식성이 변하는 이유는 입덧과 관련이 있을 것이라고 보고 있
다. 구토 중추 자극으로 토하고, 역한 냄새 때문에 속이 울렁거리고,
토하기 때문에 신 것이 먹고 싶거나 평소에는 입에 대지도 않던 음식
이 생각난다.

간호사가 건넨 50그램 당 용액

임신성 당뇨 검사는 24주에서 28주 사이에 하는데, 나는 예약해놓은 검진을 받으러 갔다가 간호사에게 50그램 *당 용액을 받았다. 마시라고 해서 생각 없이 입에 댔는데, 시멘트 풀어놓은 물에 설탕과 오렌지 향을 마구 퍼부은 맛이 났다. 나는 비위가 좋은 편인데도 다 마시고 나니 속이 울렁거렸다. 간호사는 한 시간 후에 채혈한다며 로비로 가서 기다리라고 했다.

임신성 당뇨는 태아에서 분비되는 호르몬 때문에 임신부의 인슐린 저항성이 떨어져서 세포가 포도당을 효과적으로 분해하지 못할 때 생기는 현상이다. 정상 임신부는 인슐린 저항성을 극복하기 위해 췌장에서 인슐린 분비가 증가하는데, 임신성 당뇨에 걸린 임신부는 인슐린 분비가 충분하지 못해서 당 수치가 올라간다. 임신성 당뇨에 걸린 산모는 거대아를 출산할 확률이 높다.

임신성 당뇨는 유전일 확률이 높고, 나보다 먼저 검사를 받은 여동생은 1차 검사를 통과하지 못해서 재검을 받았다. 여동생과 나는 어릴 적 친정어머니가 해준 말을 생각하지 않을 수 없었다. 친정어머니는 입버릇처럼 나와 여동생을 낳을 때 몸무게가 4킬로그램이 넘어서 고생했다는 말을 하곤 했다. 나는 신생아의 몸무게에 대해 잘 몰라서 그저 그런가 보다 하고 넘겼는데, 어느 토크쇼에서 세계를 재패한 여자 역도 선수가 신생아 시절 4킬로그램이었다고 하는 말에 모두 놀라는 것을 보고서야 그게 남다른 수치라는 걸 짐작할 수 있었다.

채혈의 결과는 며칠 뒤에야 알 수 있었다. 간호사는 전화로 혈당이 140데시리터당밀리그램mg/dl 아래로 나와야 정상인데, 151데시리터당밀리그램이 나왔다며 재검을 받아야 한다고 알려주었다. 1차 검사는 사전 조치 없이 병원에서 당 용액을 마시고 채혈을 하고, 재검의 경우는 병원에 가기 전 9시간 이상 공복을 유지한 뒤 채혈하고, 1차 검사의 두 배인 100그램 당 용액을 마셨다. 그러고 나서 한 시간 간격으로 세 번 채혈했다. 그건 거의 온종일 병원에 있어야 한다는 의미였고, 혈당은 공복에 95, 당 용액을 마신 뒤 180, 155, 140데시리터당밀리그램 이하로 나와야 통과였다. 네 번 중 두 번 이상 혈당이 기준보다 높으면 임신성 당뇨로 판정되었다.

100그램 당 용액은 50그램 당 용액이 맛있었던 것이라는 생각이 들 정도로 먹기 힘들었다. 시멘트 향이 더 강하고, 더 달았다. 마시고 나니 어지럽고, 메스꺼웠다. 하지만 토하면 다른 날 와서 한 번 더 마셔야 한다는 말에 입을 꾹 닫았고, 소파에 기대어 눈을 감은 채 채혈을 기다렸다. 속이 울렁거리는 탓인지 바다 가운데 있는 것 같고, 『노인과 바다』의 산티아고 할아버지가 생각났다. 나는 산티아고 할아버지를 좋아했다. 산티아고 할아버지가 텅 빈 바다에 앉아 혼잣말하는 장면을 특히 좋아했다. 헤밍웨이의 『무기여 잘 있거라』나 『누구를 위하여 종은 울리나』에서는 느낄 수 없는 수다스러움.

노인은 기도문을 외우고 나니 한결 기분이 좋아졌다. 그러나 고통은 전과 다름이 없었고 오히려 조금 더해진 편이었다. 노인은 이물의 뱃전에 기대어 기계적으로 왼쪽 손가락을 놀려 보기 시작했다.

미풍이 부드럽게 불고 있었으나 햇볕은 따가웠다.

"저 짧은 낚싯줄에도 미끼를 다시 끼워 고물 너머로 드리워두는 게 좋겠군." 하고 노인은 중얼거렸다. "이 고기가 하룻밤을 더 버틸 작정이라면, 난 또 먹어야 되기든. 그런데 마실 물이 얼마 남지 않았구나. 이곳은 돌고래 말고는 잡힐 것 같지 않군. 그렇지만 싱싱한 돌고래 살은 맛이 나쁘진 않을 거야. 오늘 밤에 날치나 한 마리 배로 뛰어들어왔으면 좋겠는데. 하지만 날치들을 꾈 등불이 없단 말이야. 날치란 고기는 날것으로 먹기에 아주 좋고 토막을 낼 필요도 없지. 어쨌든 난 힘을 아껴두어야 한다. 제기랄, 이놈이 이렇게 큰 놈인 줄은 미처 몰랐지 뭐야."

노인은 말했다.

"그렇지만 난 이놈의 고기를 죽이고 말겠다. 제아무리 훌륭하고 당당하더라도."

하기야 고기를 죽이는 일은 부당한 일이지, 하고 노인은 생각했다.

"그렇지만 나는 이놈의 고기에게 인간이 무슨 일이든 할 수 있다는 것과 얼마나 견뎌낼 수 있는가를 보여줘야겠어."

"난 그 애에게 내가 남달리 이상한 늙은이라고 말했었지. 이제 그것을 증명할 때가 온 거야."

다행히 재검을 통과했지만, 임신성 당뇨는 거대아, 고혈압, 임

신 중독증, 부종 등이 발생할 확률이 높고, 선천성 기형의 우려도 있었다. 나는 빵을 줄이고, 끼니 때마다 밥을 먹으려고 노력했다.

아침저녁은 남편과 함께 밥을 먹고, 혼자 먹는 점심에는 무생채를 자주 해 먹었다. 이 또한 임신 전에는 없던 일이었다. 나는 이틀에 한 번 꼴로 무를 가늘게 채 썰고, 새우젓을 넣고, 고춧가루 물을 들여서 무생채를 만들었다. 하얀 쌀밥에 새빨간 무생채를 올리고, 그 위에 반숙으로 익힌 계란 프라이를 얹으면 나만의 무생채 비빔밥 완성. 숟가락으로 노른자를 찔러서 노란색이 빨간 무생채 위로 흘러내리면, 나는 모든 것을 잊고, 그저 부지런히 숟가락을 움직였다.

*당 용액
임신성 당뇨 검사 시에 가장 널리 쓰이는 용액은 글루 오렌지인데, 포도당인 글루코오스만 들어 있다. 포도당은 과일과 꿀에 주로 존재하는 단당체이고, 혈액으로 순환하여 세포에 필요한 에너지 원천이 되고, 대사를 조절한다.

밤의 위로

*임신하면 체중이 늘어나는데, 내 주위에서 가장 많이 찐 사람은 30킬로그램, 가장 적게 찐 사람은 7킬로그램이었다. 나는 허리, 왼쪽 무릎, 왼쪽 발목이 좋지 않아서 체중을 조절하기 위해 먹는 걸 자제했다(끼니는 먹었고, 간식은 거의 먹지 않았다.). 다행히 10킬로그램 정도 쪘고, 그 정도 쪘는데도 막달이 되니 배가 놀라울 만큼 부풀었다. 샤워하다 보면 피부의 탄력에 대해 경탄하는 마음이 생기지 않을 수 없었다.

배가 커지니 잠을 내키는 대로 잘 수 없었다. 똑바로 누우면 내장이 짓눌려 숨쉬기 힘들고, 토할 것 같았다. 옆으로 누워서 자야 하는데, 나는 임신 전부터 옆으로 누워서 잤다. 달라진 게 없는데, 임신하고 나니 똑바로 눕고 싶었다. 막달에는 옆으로 누워서 자는 게 지겨워졌고, 똑바로 눕거나 엎드려서 책을 읽고 싶었다. 임신 전에는 시간이 남아돌아도 엎드려서 책을 읽지 않았으면서도 책은 모름지기 엎드려서 읽어야 제맛이라는 생각이 나를 괴롭혔다.

배가 나온 탓인지 호흡이 얕아진 것도 나를 지치게 했다. 배가 폐를 압박해서 숨을 쉬어도 개운하지 않고, 공기 중에 산소가 부족한 것처럼 숨을 헐떡거렸다. 길을 걷다가 멈춰 서서 밭은 숨을 몰아쉬고 있노라면 스스로가 처량하고 안쓰러웠다. 물 밖으로 추방당한 물고기가 따로 없었다.

게다가 예정일에 가까워질수록 밤에 깨는 횟수가 잦아졌다. 부푼 배에 방광이 짓눌린 탓인지 밤에 꼭 두어 번씩 깨서 화장실에 갔다. 배가 무거워서 상체를 바로 일으키지 못하고, 먼저 몸을 돌려서 팔로 받친 다음에 허리를 세우고, 벽을 잡고 일어나서 무릎을 펴야 했다. 내가 그렇게 느릿느릿 화장실에 가려고 애쓰는 동안 남편은 코를 골며 자고 있었다. 막달에는 화장실에 갔다가 다시 돌아가 눕는 게 귀찮아서 새벽 서너 시경 깨면 소파에서 선잠을 잤다. 잠을 충분히 못 자는 날이 이어지다 보니 피곤하고, 작은 일에도 예민해지고, 어서 이 모든 게 끝났으면 좋겠다는 생각만 머릿속에 가득했다.

그런 때 위로가 되어 준 책이 황현산 선생님의 『밤이 선생이다』이다. 나는 에세이보다 소설을 좋아하는데, 임신하고 나서는 에세이도 종종 읽었다. 내가 보기에 소설은 세상을 두루 돌아보게 해주고, 에세이는 내면을 들여다보게 한다. 황현산 선생님의 에세이를 읽고 있으면, 그것도 제목처럼 밤에 읽으면, 번잡한 마음이 가라앉으면서 고요해졌다. 글자 하나하나가 등을 두드려주는 것 같았다. 자애로운 할아버지의 손길처럼.

그래서 몽유도원도의 관람은 일종의 순례 행렬이 되었다. 사람들은 반드시 몽유도원도가 아니라 해도 위대한 어떤 것에 존경을 바치려 했으며, 이 삶보다 더 나은 삶이 있다고 믿고 싶어 했다. 저마다 자기들이 서 있는 자리보다 조금 앞선 자리에 특별하게 가치 있는 어떤 것이 있기를 바랐고, 자신의 끈기로 그것을 증명했다. 특별한 것은 사실 그 끈기의 시간이었다. 그 시간은 두텁고 불투명한 일상과 비루한 삶의 시간을 헤치고 저마다의 믿음으로 만들어낸 일종의 전리품이었기 때문이다. 아흐레 동안 국립중앙박물관의 광장에 구절양장을 그린 긴 행렬은 이 삶을 다른 삶과 연결시키려는 사람들의 끈질긴 시위였다.

*임신 후 체중 증가

임신 중 평균 체중 증가량은 12.5킬로그램이다. 그 이상 증가할 경우 임신 중독증, 임신성 당뇨, 난산의 우려가 있다. 반대로 체중이 적게 늘어나면 빈혈이 생기거나 출산하고 난 뒤 육아를 하기 힘들어진다. 임신을 하면 칼로리의 요구량이 늘어나므로 그에 알맞은 양질의 영양분을 섭취하는 것이 중요하다. 닭가슴살, 달걀, 멸치, 양배추, 시금치, 우유, 쇠고기처럼 단백질과 비타민이 풍부한 식품 위주로 식단을 구성한다. 운동은 체중 조절은 물론이고, 분만에도 도움을 준다. 수영, 걷기, 요가 등이 좋고, 등산, 조깅은 권하지 않는다.

예정일 뒤 일주일

예정일이 되었는데도 아무런 징후가 없었다. 산부인과 의사는 내진하더니 자궁문이 전혀 열리지 않았다고 말했다. 아기는 3킬로그램 남짓으로 남자아이치고 작은 편이었다. 의사는 나에게 유도 분만할 거냐고 물었다. 나는 *유도 분만이 뭔지 몰랐으므로 거기에 대해 어떤 의견도 가질 수 없었다. 그런데 의사는 나의 무반응을 동의라고 생각했는지, 아기가 작으니 일주일 더 기다려보자고 말했다.

나는 아기를 한 명만 낳을 생각이기에 되도록 자연분만하고 싶었다. 인생에서 단 한 번 주어진 경험을 놓치고 싶지 않았다. 그리고 몸에 어떤 변화가 생겨서 출산으로 이어지는지 궁금했다.

그러나 예정일 뒤 일주일은 끔찍하게 길었다. 밤에 제대로 잠을 이룰 수 없으니 낮에 정신을 차릴 수 없어서 몽롱하고, 배가 나와서 뒤뚱거리며 걷는 나의 모습이 싫었다. 내장이 짓눌리는 것 같고, 가슴이 답답하고, 수시로 화장실에 가야 했다. 얼마 걷지도 않았는데, 멈춰 서서 숨을 몰아쉬고 있노라면 이게 뭔가 싶고, 거울 속 내 모습이 싫었다. 주위 사람들은 아기가 배 속에 있을 때가 제일 편하다고 하는데, 나는 어서 태어났으면 싶었다.

많이 걸으면 자연분만에 도움이 된다고 해서 유도 분만 예정일을 받아놓고 석촌 호수를 매일 두 바퀴씩 돌았다. 그 해에는 겨우내 눈이 거의 내리지 않았고, 따뜻해서 걷기에 좋았다. 산부인과에서 하는 임신부 요가 교실에도 다녔고, 쪼그려 걷기를 하면 자연분만을 할 수 있다기에 자기 전 거실에서 오 분씩 3세트를 했다. 배가 많이 나온 탓에 쪼그려 앉아서 중심 잡기가 쉽지 않았고, 하다 보면 무릎과 허리가 아팠지만, 그래도 매일 밤 빼먹지 않고 했다.

*유도 분만
인공적으로 진통을 오게 하여 태아를 분만하는 방법이다. 태아 사망, 심한 임신 중독증, 출산 예정일이 많이 지났는데도 진통이 없어서 빨리 분만해야 할 때 주로 유도 분만을 한다.
유도 분만은 산모의 임신 주수, 자궁경관의 상태, 태아의 건강 등을 확인하는 것이 매우 중요하다. 분만 예정일을 만 2주일이 지났는데도 진통이 오지 않으면 촉진제를 써서 유도 분만을 고려한다. 그러나 분만 예정일이 정확하지 않고 태아가 정상으로 판단되면 무리하게 유도 분만을 하는 것보다 기다리면서 경과를 관찰하는 것이 바람직하다.

아기

저 작고 무른 것을
사람들은 어떻게 기르나 어떻게
사랑하나

저 알 수 없는 것을
자꾸만 꼬물꼬물 숨 쉬는 것을

부둥켜안고 어디로 달려가나
순백의 울음소리가 병원 복도를 번쩍이며 스칠 때
더운 가슴팍을 할퀼 때

사람들은 아프고
잇따라 울고

또 어떻게 웃을 수 있나

저 작고 무른 것을 두고
살아야겠다
살아야겠다 기도할 수 있나

불 꺼진 진료실 앞
멀거니 앉아 순서를 기다릴 때 어떤 삶은
까무룩 쓰러지듯 잠들 때

울음소리는 멈추지 않고
더욱더 선명하고

어떻게 웃을 수 있나
어떻게

나는 태어날 수 있나.

박소란, 「아기」

얼른 나와서 우리 만나자

예정일 보름 전부터 캐리어를 열어두고, 생각나는 것들을 던져 넣었다. 옷, 속옷, 수면 양말, 세면도구, 물티슈, 수유 쿠션, 가제 수건, 배냇저고리, 속싸개, 산모 패드, 화장품, 머리끈, 노트북, 영양제, 그리고『돈키호테』와『개선문』. 다른 무엇보다 책 고르는 데 시간이 오래 걸렸고, 이전에 두어 번씩 읽어본 적이 있는 책이었다. 왠지 새로운 책을 읽을 자신이 없었고, 나에게는 오래된 친구가 필요했고, 두 책 모두 그랬다.

3월 26일, 유도 분만 예정일의 새벽 공기는 차가웠다. 간간이 불어오는 바람이 따스했지만, 태양이 구름에 가려져 있었다. 나는 새벽까지 기다렸지만, 가진통의 기미조차 없었다.

병원 입원 수속을 마치자 간호사가 갈아입을 옷을 주고, 관장에 대해 설명해주고, 관장을 마치고, 침대로 가라고 했다. 그때는 몰랐는데, 내가 다니던 병원은 하나의 병실에서 진통과 출산까지 할수 있었다. 아침에 별생각 없이 누운 평범한 침대가 분만을 시작하자 적합한 모양으로 변했고, 산후조리원에서 다른 엄마에게 이야기를 들었는데, 어떤 병원은 산모들이 커다란 병실에 있는 여러 개의 침대에 누워서 기다리고 있다가 분만이 시작되면 분만실로 옮겨진다고 했다.

침대에 누우니 간호사가 팔에 수액을 꽂았다. 투명한 수액이관을 타고 나의 혈관 속으로 스며들었다. 병실 안은 조용했고, 남편은 초조한 듯 병실 안을 오락가락했고, 시계 소리가 유난히 크게 들렸고, 나는 배가 고팠다. 유도 분만 날짜를 잡고 유도 분만에 대해 인터넷을 뒤져 보았는데, 아침 식사를 하지 말라는 조언이 많았다. 아침 식사를 하면 진통하는 동안 구토할 수 있고, 그러면 더 고통스럽다는 거였다.

시간은 느릿느릿 흘러갔고, 여전히 배가 고프고, 아무 일도 일어나지 않았다. 여러 가지 궁금증이 솟았다. 이게 유도 분만인가? 수액에 뭐가 들어 있는 거지? 앞으로 무슨 일이 벌어질까? 아니면, 조금 있다가 시작하는 건가? 어떤 과정으로 진행되는 거지? 아마 저건 그냥 수액이고, 앞으로 뭘 더 어떻게 하나 보다. 그런 식으로 아무렇게나 번지던 생각이 우뚝 멈췄다. 무언가 배를 쥐어뜯었다. 격

렬한 통증에 나는 얼굴을 구기고, 몸을 뒤틀었다.

나중에 알아보니 투명한 수액에는 옥시토신이라는 자궁 수축 호르몬이 섞여 있던 듯했다. 옥시토신은 자궁을 인공적으로 수축시켜 분만이 이뤄지도록 유도했다. 자궁이 수축할수록 통증이 커졌고, 극심한 통증 앞에서 나는 무기력했다. 맹수가 물어뜯는 것처럼 무시무시했다. 너무 고통스러워서 무통 주사 생각이 간절했다. 무통 주사를 신청해놓아서 간호사가 분만실에 들어올 때마다 물어보았다.

초산부의 경우에는 자궁문이 5~6센티미터 열렸을 때, 경산부는 3~4센티미터 열렸을 때 무통 주사를 놓았다. 이런 지식은 나중에 찾아본 것이고, 그때는 통증을 덜고 싶은 마음뿐이었다. 출산 후기를 찾아보면 무통 천국이라는 표현이 빈번하게 등장했다. 주사를 맞으면 통증이 싹 사라진다는 말을 여러 번 읽었고, 코를 골며 한숨 잤다는 산모도 있었다. 하지만 출산의 과정이 급격히 이루어져서 주사를 맞지 못하는 경우도 있는 모양이었다. 진통으로 몸을 뒤트는 와중에도 나는 초조했다.

고통을 느낀 지 세 시간여 만에 간호사가 무통 주사를 놔주겠다고 했다. 오전 열 시였다. 나는 한시름 놓았지만, 양수가 새고 있어서 걱정이 되었다. 간호사가 양수 탓에 주사를 놔줄 수 없다고 할

까봐 조마조마했다.

간호사는 그런 말 대신 무통 주사를 맞기 위해서 몸을 옆으로 돌리고, 다리를 끌어당기라고 말했다. 한 마디로 옆으로 누워서 새우 같은 자세를 하라는 것이고, 주사를 맞을 때 특정한 자세를 취해야 한다는 내용은 본 적이 없어서 당혹스러웠다. 더구나 그 자세는 임신부가 취하기에 난이도가 높았다. 배가 나와서 다리를 앞으로 끌어당기는 것도, 그 다리를 손으로 잡기도 쉽지 않았다.

하지만 해야 했고, 새우처럼 몸을 구부리고, 다리를 잡고 있으니 힘들고, 배가 아프고, 화가 치밀었다. 누구라도 붙잡고, 이 모든 일의 불합리함을 호소하고 싶었고, 잠시 뒤 마취과 의사가 들어와서 나의 척추를 더듬는 게 느껴졌다. 하지만 나는 등을 돌리고 있기에 그를 볼 수 없었고, 주사 바늘이 느껴졌고, 얼마 지나지 않아 통증이 사라졌다. 새하얀 종이에 연필로 실컷 낙서한 다음 지우개로 박박 지운 것 같은 느낌. 평소와 다르지만, 어쨌든 아프지 않았다. 무통 주사의 효과가 지속되는 동안 아무런 감각 없이 평온했다. 말 그대로 무통 천국.

천국은 두어 시간 유지되었고, 가슴 졸이는 천국이지만 좋았다. 하지만, 약효가 끝나자마자 먼젓번보다 더 강력한 통증이 찾아왔다. 거대한 야수가 된 통증이 나를 쥐어뜯었고, 내 입에서 고통스러운 신음이 새어 나왔다. 간호사가 와서 보더니 자궁문이 완전히 열렸다고 했고, 서너 명의 간호사가 들어와서 출산에 적합하게 침대를 변신시키고, 조명을 켰다. 간호사가 말했다. 산모님, 숨을 쉬세요. 숨을 쉬어야죠. 숨을 쉬어야 해요. 의사가 달려왔다. 산모님 숨 쉬세요! 아무리 숨을 쉬어도 계속 숨을 쉬라고 했고, 내 얼굴에는 산소마스크가 씌워졌다.

정신없는 와중에 아들 둘을 낳은 대학 동창이 아들을 낳을 때 두 번 다 힘주기를 잘못해서 얼굴에 실핏줄이 다 터졌다며 조심하라고 경고했던 게 떠올랐다. 나는 피부가 깨끗한 편이 아니어서 그 이야기가 잊히지 않았고, 그 긴박한 와중에 얼굴로 힘이 가지 않도록 신경을 썼다.

산모님, 힘주세요. 숨 쉬세요. 크게 쉬세요. 힘주세요. 숨 쉬세요. 힘주세요. 산모님, 아기 머리가 보여요. 어서 힘주세요. 힘주세요, 산모님. 힘 좀 주세요! 아기는 나올 듯 나올 듯 나오지 않았다. 힘이 남아 있지 않은데 힘을 주라고 하니 울고 싶었다. 도대체 이 고통은 언제 끝날까. 나는 마음속으로 아기에게 말을 걸었다.

'언제 나올 거니. 어서 나와.'

그냥 하는 말이었다. 그런데 놀랍게도 목소리가 들렸다.

'무서워요.'

'뭐가 무서워?'

'엄마가 아플까봐 무서워요.'

'그래. 엄마는 아플 거야. 그런데 네가 이러고 있으면 더 아파. 얼른 나와서 우리 만나자.'

잠시 뒤 내 안에서 무언가 쑥 빠져나갔다. 주변의 발소리가 어지러웠다. 의사가 남편에게 아기가 태변을 먹은 것 같다고 말하는 소리가 들렸다. 이어서 조명이 꺼지고, 간호사가 초록색 수건으로 감싼 아기를 내 옆에 내려놓았다. 안경을 쓰지 않아서 잘 보이지 않고, 그저 불그스름하고 작았다. 그래, 네가 내 아기구나. 반갑다. 수고했고, 고생했어. 그런데 너 태변을 먹었니? 똥을 먹었단 말이야? 세상에, 똥을 먹다니!

라비크와 이은호

　　배 속에 아이가 생겼다는 걸 안 뒤로 줄곧 이름에 대해 생각했다. 시댁에서는 돌림자를 넣을 필요 없다고 했다. 원하는 대로 자유롭게 지으라는 것이었다. 하지만 나는 작명에 재주가 없었다. 소설을 쓸 때도 제목을 고르는 게 제일 고민이었다. 제목이 잘 지어져야 소설을 쓸 마음이 생기는데, 제목을 정하는 게 힘들고, 오랜 시간 공을 들이는 만큼 제목을 잘 짓지도 못했다.

　　소설 읽는 것을 좋아하다 보니 소설가의 이름이나 소설 속 주인공 이름을 떠올려 보았지만, 마음에 드는 게 없었다. 그저 레마르크의 소설 『개선문』을 한 번 더 읽게 되었을 뿐이다. 『개선문』은 내가 아끼는 소설 중 하나로, 독일인 의사 라비크의 삶을 다루고 있다. 그는 제2차 세계대전 전야에 독일에서 파리로 불법 입국했고, 파리에서 실력이 없는 의사를 대신해서 수술해주는 것으로 생계를 유

지하고, 조앙이라는 여자를 만나서 사랑을 나누었다. 그리고 책의
거의 마지막 장면.

피난민들은 가다꼼바(로마의 지하 묘소)에 서 있었다. 최초의
그리스도 교도들 같다고 라비크는 생각했다. 그리고 최초의
유럽인, 사복 차림의 한 사나이가 가짜 종려나무가 놓인 테이
블에 앉아서 한 사람씩 인적 사항을 적고 있었다. 경관 두 명이
양쪽 문을 지키고 있었다. 아무도 도망가려는 사람은 없었다.

"여권은?" 하고 사복형사가 라비크에게 물었다.

"없습니다."

"다른 서류는?"

"없어요."

"그러면 불법 입국인가?"

"그렇소."

"왜?"

"독일서 도망 왔거든요. 서류는 손에 넣을 수가 없었지요."

"성(姓)은?"

"프레젠브르크."

"이름은?"

"루드비히."

"유대인이오?"

"아닙니다."

"직업은?"

"의사."

사나이는 직었다.

에리히 마리아 레마르크, 『개선문』에서

라비크의 본명을 나는 책의 맨 마지막 부분에서야 읽을 수 있었고, 그 순간 왠지 그와 더 가까워진 것 같았다. 이름이란 그런 게 아닐까.

남편은 내가 소설가이니 괜찮은 이름을 찾아낼 거라고 은근히 기대하는 눈치였지만, 나는 돌림자에 항복하고 말았다. 남편은 성이 '이李'이고, 돌림자는 '호鎬'였다. '호' 앞에 한 글자만 넣으면 되니 그게 더 쉬울 것 같았다. 일반적으로 많이 하는 선택은 민호, 승호인데, 민호는 같은 항렬에 있고, 승호는 내키지 않았다. 내가 고른 글자는 '도'였다. 이도호. 나쁘지 않은 것 같은데, 아무도 좋아해주지 않았다. 남편은 태호라는 이름을 제안했고, 시어머니는 은호가 어떠냐고 했다. 오래전부터 생각해 둔 이름인 것 같았다. 듣는 순간 발음이 예쁘다고 생각했다. 이은호.

산후조리원에서는 태명인 갑이라고 불렸다. 갑이는 갑자기 생겼다는 의미로 정한 것이고 산후조리원에서 만난 아기들의 태명은 개성이 넘쳤다. '도담이'는 순우리말로 야무지고 탐스럽다는 의미이고, '우유'는 우월한 유전자의 줄임말이고, '마로니에'는 태명을 지어야겠다고 생각할 때 라디오에서 마로니에의 칵테일 사랑이 흘러나와서 그렇게 지었다고 했다.

산후조리원에 작명 교실이라는 프로그램이 있었다. 이름 짓는 데 도움이 될까 해서 날짜와 시간을 달력에 적어두고 기다렸다. 당일에 산후조리원 거실로 나가 보니 작명소에서 나온 나이 지긋한 선생이 산모들에게 A4 용지를 나누어주었다. 종이에는 이름의 오행, 불용문자, 음양 배열, 합국 등이 나열되어 있었다.

선생은 종이에 적힌 내용을 대강 읽고 나서 모인 엄마들의 이름을 물었다. 엄마들의 이름을 풀이해주고, 좋네, 나쁘네, 평을 했다. 실망한 나는 그냥 방으로 돌아갈까 하다가 예의가 아닌 것 같아서 연꽃 '연'자에 계집 '희'자라고 마지못해 입을 뗐다. 그런데 선

생이 느닷없이 호통을 쳤다. 자부심을 가지라는 거였다. 계집 '희'
는 황후 '희'이기도 하다며 앞으로 황후처럼 살라고 했다. 황후? 내
가 아는 황후는 왕의 어머니이고, 궁궐에서 살고, 매일 수많은 사람
의 시중을 받고, 한시도 혼자 있을 수 없었다. 생각만으로도 숨이 막
혔고, 황후가 되느니 계집으로 사는 게 훨씬 낫겠다고 생각했다.

　　'이'와 '호' 사이에는 무한한 가능성이 있고, 남편과 나는 상의
끝에 인터넷 작명 사이트의 도움을 받기로 했다. 여기저기 검색한
끝에 적당한 사이트를 골라서 갑이의 생년월일 일시와 성과 돌림
자를 적어서 이메일로 보냈다. 일주일 뒤에 온 메일에는 성호, 민호,
인호, 은호가 적혀 있었다. 시어머니가 제안한 은호가 있어서 반갑
고 놀랐다. 메일을 보낼 때 남편이 추천한 태호는 어떠냐고 물었는
데, 그 이름은 아기의 사주와 맞지 않는다고 했다. 내가 마음에 두고
있던 이도호라는 이름은 무겁고 어두워서 포기하기로 했다. 우리
는 결국 은호를 골랐다. 안녕, 은호야.

안녕, 은호아

그녀의 목은 접힌 흰 깃 위로 쑥 나와 있었다. 머리카락을 양쪽으로 가른 검은 머릿단이 마치 하나씩의 덩어리처럼 보일 정도로 윤기가 흘렀고, 두개골의 곡선을 따라 약간 들어간 가느다란 가르마에 의해 머리 한가운데가 갈라져 있었다. 양쪽 귀 끝만 겨우 보이게 빗어 넘긴 머리는 관자놀이를 향해 물결치다가 목 뒤쪽에서 한데 만나 풍성하게 쪽진 머리를 이루고 있었는데, 시골 의사는 이런 머리칼을 생애 처음으로 보았다. 그녀의 두 뺨은 장밋빛이었다. 그리고 마치 남자처럼 블라우스 단추 두 개 사이에는 바다거북 껍질로 만든 코안경을 걸고 있었다.

귀스타브 플로베르, 『보바리 부인』에서

『보바리 부인』만큼 묘사가 탁월한 소설을 읽은 적이 없고, 읽을 때마다 감탄이 나왔다. 사람들이 『보바리 부인』을 어떤 식으로 기억하는지 모르지만, 나에게 『보바리 부인』는 저 장면이 거의 전부였다. 저 장면은 나중에 보바리 부인이 되는 엠마의 모습을 묘사하고 있지만, 읽고 나면 샤를르가 그녀를 보는 순간 빠져들었다는 것을 느끼게 해주고, 나는 그러한 느낌이 좋아서 읽고 또 읽었다.

내가 제대로 은호를 본 건 산후조리원에서였다. 산후조리원에서는 평소에 아기들을 투명한 플라스틱 박스에 담아놓았다. 투명한 플라스틱 박스에 담긴 아기들이 신생아실의 커다란 창문 앞에 나란히 놓여 있었다. 새하얀 속싸개를 감고 있는 아기들은 모두 다 비슷비슷해 보였다. 머리숱이 풍성한 아기나 피부색이 유난히 검은 아기가 아니면, 옷섶에 적힌 엄마 이름으로만 아기를 구분할 수 있었다.

산후조리원에 들어가서 처음 맞이한 아침에 산후조리원 선생님이 은호를 안고 와서 침대에 놓고 나갔다. 내가 머문 산후조리원은 아침 식전과 저녁 식후에 아기를 방으로 데려다주었다. 그때, 나는 비로소 은호를 제대로 볼 수 있었다. 은호는 눈을 감은 채 자고 있었다. 단 한 번도 햇빛을 본 적이 없는 피부는 투명했고, 하늘을 향해 솟구친 머리카락은 솜털 같았다. 닫혀 있는 두 눈에서 밀려 나온 속눈썹이 길었고, 작은 코는 동그스름했고, 가느다란 입술이 뾰족했다.

낯선 생명체였다. 아직 잠만 자고 있지만, 안에서 무수히 많은 이야기가 수런거리는 듯했다. 나는 이 아이가 앞으로 만들어갈 세상을 상상해보려고 했다. 은호는 어떤 꿈을 꾸고, 어떤 사랑을 하고, 어떤 모험을 하게 될까. *몸무게 3.25킬로그램, 키 51.24센티미터로 태어난 이 아기는.

*소아 신체 발육 표준치

남아		연령	여아	
체중	신장		체중	신장
3.4	50.1	출생 시	3.3	49.4
6.5	60.9	3개월	6.1	59.8
8	67.6	6개월	7.5	66.3
9	72.3	9개월	8.5	71
9.9	76	12개월	9.4	74.8
11.1	81.2	18개월	10.5	79.9
12.3	86.2	24개월	11.7	85

산후조리원은 밀실

나는 은호를 낳고 머문 것을 제외하고, 살아오면서 산후 조리원에 세 번 가보았다. 첫 번째는 중학교 동창이 아기를 낳았을 때였다. 중학교 동창 중 유일하게 연락이 닿는 친구인데, 친정 근처에 살아서 가끔 만나며 지냈다. 그때가 8~9년 전인데, 산후조리원 안으로 들어가서 친구 방에서 갓 태어난 아기를 요모조모 뜯어보며 대화를 나누던 기억이 남아 있다. 두 번째와 세 번째는 시누이와 여동생이 아기를 낳아서 산후조리원에 방문했을 때인데, 두 번 다 신생아실 유리 너머로 아기 얼굴을 보고, 응접실에서 산모를 만났다. 방까지 들어가는 것은 엄격히 통제되었다. 아마도 산후조리원의 위생 문제가 몇 차례 언론에 오르내린 탓일 것이다.

내가 머문 산후조리원도 남편과 부모를 제외하고 외부인 출입 금지였다. 대로변에 위치한 산후조리원이었는데, 제법 규모 있는 빌딩의 3~4층을 사용했다. 낮 동안에는 엘리베이터가 3, 4층에서 거의 멈추지 않다가 저녁이 되면 아빠들이 엘리베이터를 타고 도착했다. 엘리베이터 문이 열리면, 좁은 현관이 나오고, 거기 서서 벨을 누르면 산후조리원 관계자가 신원을 확인한 다음 문을 열어주었다.

자동문 바로 앞이 신생아실이었다. 신생아실은 전면이 유리로 되어 있고, 유리창 너머로 투명한 박스에 담긴 신생아들이 나란히 누워 있었다. 신생아실은 온종일 공기청정기가 돌아가고, 온도가 일정하게 유지되었으며, 두 명의 선생님이 상주했다. 신생아실에서 미닫이문을 사이에 두고 수유실이 있는데, 세로로 긴 형태의 수유실에는 벽을 따라 긴 의자가 놓여 있고, 안쪽 구석에 반달 모양 수유 쿠션이 쌓여 있었다. 신생아실 선생님들은 아기가 깨어나면 산모를 호출했고, 산모는 수유실로 와서 수유 쿠션 위에 아기를 눕히고 수유했다.

산모 방은 작은 원룸이었다. 돌침대와 텔레비전, 작은 옷장과 수유 소파와 컴퓨터와 냉장고가 있고, 방마다 화장실이 있었다. 화장실에는 변기와 세면대와 플라스틱 좌욕기가 있고, 산모들에게 좌욕이 권장되었다. 하루에 두세 번 하면 회복에 도움이 된다고 했다.

조리원에서의 일과는 정신없이 흘러갔다. 아침에 일어나서 씻고, 좌욕하고, 은호 만나고, 식사하고, 책을 읽거나 글을 쓰고, 점심

먹고, 마사지 받고, 좌욕하고, 쉬거나 책을 보고, 저녁 먹고, 또다시 은호 만나고, 남편 만나고, 짬짬이 수유하고⋯⋯.

마사지는 조리원 일과에서 가장 중요한 부분이었다. 조리원에 들어와서 마사지를 받지 않는 산모는 거의 없었다. 하지만 나는 남앞에서 옷 벗는 게 어색하고, 모르는 사람이 내 몸을 만지는 것이 싫었다. 산후 회복을 돕고, 부기도 빼준다는 말에 신청했지만, 체력에 부쳤다. 다른 산모들은 마사지를 받으면 시원하다는데 나는 두들겨 맞은 것처럼 힘들고, 기운이 빠졌다.

그래도 밥은 맛있었다. 내가 예약한 산후조리원은 밥이 맛있다는 평이 많았다. 조리원에서는 세 끼 식사와 오전 오후 간식까지 챙겨주었고, 산모들은 식당에 모여서 함께 밥을 먹었다. 밥을 각자의 방에서 따로 먹는 조리원도 있다는데, 나는 여럿이 모여서 먹는게 좋았다.

식사 시간이 되면 산후조리원에서 나눠주는 빛바랜 분홍색 원피스를 입은 산모들이 식당으로 모여들었다. 식탁에는 잘 삶아진 수육이나 반들반들한 오리고기, 먹음직스러운 돼지고기볶음, 바삭하게 구워진 베이컨 말이 같은 요리들이 차려져 있었다. 출산하고 얼마 되지 않은 산모들을 위한 식탁이니 만큼 딱딱한 반찬이 거의 없고, 끼니마다 다양한 샐러드가 곁들여졌고, 미역국이 빠지지 않았다. 식사를 마칠 즈음이면 조리사 아주머니가 미역국 더 먹을 사람? 하고 물었고, 여기저기서 손이 올라갔다. 산모들은 미역국을 남김없이 마셨고, 다른 구석에서 몇몇 산모들은 밥 먹다 말고 체중계를 오르내렸다.

산후조리원은 독특한 장소이고, 아무나 들어갈 수 있는 곳이 아니기에 나는 산후조리원을 배경으로 소설을 쓰면 어떨까 하고 생각했다. 자연스레 떠오른 생각이고, 산후조리원의 신생아실에서 일하는 선생님을 주인공으로 쓸 수 있을 것 같았다. 아니면, 마사지실 선생님도 괜찮겠지. 아기를 낳지 못하는 선생님이 아기를 낳은 산모들을 마사지해준다면……. 혹은, 딸을 잃은 식당 아주머니가 산후조리원에서 매 끼니 산모들의 식사를 책임진다면…….

게다가 산후조리원은 밀실이었다. 밀실은 추리소설의 고전적인 배경이고, 나는 산후조리원에서 벌어진 살인사건을 상상해 보았다. 한 남자가 비슷한 시기에 두 여자를 임신시켜서 같은 산후조리원에 머물게 한다면, 어쩌다 두 여자가 친해지고, 여자들이 서로의 휴대전화에 저장된 남자의 사진을 보여준다면……. 나는 도대체 산후조리원을 배경으로 어떤 소설을 쓰게 될까.

인간도 포유류인데

조리원에 들어간 지 사흘쯤 되었을 때, 아침마다 회진을 도는 소아과 의사가 은호의 눈에 눈곱이 자주 낀다며 눈물샘이 제대로 만들어지지 못한 것 같다고 했다. 의사는 근처 소아과에서 안연고를 처방 받으라 했고, 소아과 의사는 *안연고를 하루 두 번 발라주고, 틈날 때마다 깨끗이 씻은 손으로 눈과 코 사이를 부드럽게 마사지해주라고 했다. 그런데 눈과 코 사이는 어른의 경우에도 그리 넓지 않은 부위이고, 은호는 피부가 약해서 조금만 문질러도 붉어지고, 잘못하면 뼈가 부러질 것 같았다. 나는 되도록 살살 마사지해주었지만, 마사지라기보다는 가벼운 터치였고, 이런 식으로 해서 과연 좋아질 수 있을지 의심스러웠다.

조리원에서 나가고 난 뒤에는 귓바퀴에 염증이 생겨서 소아과를 찾았다. 은호는 태어날 때부터 귓바퀴가 책장처럼 얇았고, 접혀 있던 흔적이 남아서 고개를 옆으로 하면 도로 접혔다. 바로 그 접힌 귓바퀴 안쪽에 새까맣게 때가 끼고 염증이 생겼다. 매일 닦아주어 도 염증이 낫지 않더니 급기야 진물이 나왔다. 병원에 갔더니 매일 두 번씩 소독하고, 연고를 발라주라고 했다.

귀가 거의 나아갈 무렵이 되자, 정수리에 소보루 빵처럼 작은 덩어리가 잔뜩 달라붙어 있는 게 눈에 들어왔다. 아침마다 목욕시 키고, 모유 먹이고, 자주 토해서 하루에도 몇 번씩 옷을 갈아입혔는 데도 못 본 게 놀라웠다. 소아과에 갔더니 의사는 별거 아니라며 목 욕시킬 때마다 베이비오일로 부스럼이 난 부위를 문질러주라고 했 다. 오일을 바르고 머리를 감기니 부스럼이 줄어들기는 하는데, 머 리카락이 함께 빠졌다. 부스럼이 모두 사라졌을 때는 이마와 정수 리가 훤해졌고, 그에 대한 보상인 듯 정수리 뒤쪽 머리카락이 곤두 서서 공작새 꼬리처럼 펼쳐졌다. 그때는 여러 가지 일에 신경 쓰느 라 그 모습을 보고도 웃지 못했지만, 요즘 은호 아기 때 사진을 보면 웃음이 나왔다.

은호를 임신했을 때 인터넷에서 인간의 임신 기간이 다른 포 유류에 비해 짧다는 내용의 칼럼을 읽은 적이 있다. 그 칼럼을 쓴 사 람은 기억나지 않지만, 그 말에 따르면 포유류 새끼는 대부분 태어나자마자 걷고, 스스로 어미젖을 찾아 먹는다고 한다. 하지만 인간의 아기는 태어나자마자 걷기는커녕 몸을 가누지 못하고, 그냥 두면 죽기 십상이다. 태어난 지 1년, 즉 돌 정도 되어야 갓 태어난 포유류 새끼와 비슷한 수준이 된다는 거였다. 나는 은호를 키우며 종종 그 칼럼을 떠올렸다. 왜 인간의 아기는 이토록 덜 여문 채로 태어나서 엄마를 고생시키는 것일까.

*안약과 안연고
안약은 항생제 단독 성분(타리비드, 토브라, 크라비트 점안액 등), 항히스타민제 성분(자디텐, 아젭틴 점안액 등), 스테로이드 성분(오큐메토론, 옵티브이, 플루메토론 점안액 등), 항생제와 스테로이드 복합 성분(포러스, 맥시트롤 점안액 등) 등이 있다. 안약은 어른용과 아이용으로 구분되지 않지만, 증상과 연령에 따라 사용 방법에 차이가 있다. 두 가지 이상의 안약을 사용하는 경우에는 5분 정도 간격을 두어 약이 충분히 흡수될 수 있도록 한다. 안연고는 안약을 연고의 형태로 만든 것이다. 안연고는 연고의 일종이지만 눈에 사용하므로 무균이고, 입자가 75㎛ 이하이며, 눈에 자극이 없다.

초보 꽃감상자 엄마

나는 꽃 보는 걸 즐기는 편이다. 집에서 꽃을 키우지 않지만, 자연에 피어 있는 꽃은 언제든 환영이다.

우선, 봄이 되면 진달래가 가장 먼저 핀다. 붉은색 팡파르가 울려 퍼지고 나면, 개나리가 쏟아져 나온다. 내가 사는 삼전동에는 탄천 옆으로 뚝방 길이 있는데, 봄이면 길옆으로 진달래와 개나리가 연이어 피어서 봄나들이 갈 때 눈이 즐겁다. 개나리가 지면, 현란한 핑크색 철쭉이 피고, 그다음은 장미다. 내가 주로 장미를 감상하는 곳은 올림픽 공원 장미원이다. 거기에는 다양한 종류의 장미가 피어 있고, 가서 볼 때마다 어쩌면 이렇게 탐스럽고 화려하게 피어날까, 하는 생각이 들곤 한다. 연꽃은 여름에 한창 더울 때 우아한 꽃잎을 벌리고, 오묘한 주홍빛 능소화도 그즈음 피는 것 같다. 먼 곳에서 향기를 바람에 실어 보내는 아카시아는 그보다 이른 듯하고, 탐스럽게 피어나는 수국도 그 즈음이던가. 가을에는 코스모스를 흔히 볼 수 있다. 코스모스는 서늘한 바람이 연하게 불면 하나둘 피어나고, 비슷한 시기에 해바라기가 커다란 얼굴을 내민다. 국화는 길에서 보기 힘들고, 길에서 보이는 건 아마도 루드베키아라는 외래종인 것 같고, 국화는 주로 장식용으로 이런저런 행사에서 보게 된다.

내 머릿속 꽃 지도는 대강 그 정도이고, 세월에 의해 축적되어 온 것이었다. 꽃과 식물에 관심이 있지만, 그저 꽃이나 식물에 대한 책을 몇 권 사다놓고 보는 수준이고, 꽃에 대한 책 중에서 내가 가장 아끼는 건 타샤 튜더의 『타샤 튜더, 나의 정원』이었다. 타샤 튜더는 동화 작가로 버몬트에 30만 평의 땅을 사서 작은 나무집을 짓고, 나머지 땅에 꽃을 심어서 근사한 정원을 만들었다.

책의 목차는 정원의 지도와 마찬가지였다. 집 앞의 정원, 돌담 주변, 핑크 가든, 아래쪽 정원, 온실과 허브 가든, 비밀의 화원, 철쭉 오솔길, 진달래 오솔길, 집 뒤, 헛간 주변, 연못, 초지, 야생화 정원, 에필로그 - 이 세상의 낙원이 완성될 때까지. 책을 넘기면, 물망초, 튤립, 작약, 접시꽃, 장미가 피어 있는 정원이 드러났다.

볼 때마다 기분이 좋아지는 책이고, 나는 실제든, 책에서든 꽃 구경을 좋아했고, 결혼하고 나서 해마다 봄이면 석촌 호수로 벚꽃을 보러 나갔고, 은호를 낳고 나서 일주일이 지나자 석촌 호수에 벚꽃이 절정이었다. 석촌 호수는 산후조리원에서 오 분 거리였고, 밤에 산모들은 퇴근하고 돌아온 남편의 팔짱을 끼고 꽃구경을 나갔다.

산후조리원에 들어간 첫날, 조리원 실장님은 산모들을 모아놓고 모든 게 정상처럼 느껴져도 막상 땅에 발을 디디면 다르니 조심하라고 경고했었다. 그때는 그저 하는 소리이겠거니 했는데, 남편의 팔짱을 끼고, 산후조리원을 나가서 인도에 발을 내딛는 순간, 그 말이 떠올랐다. 남편은 뭔가 이상한지 나에게 괜찮은 거냐고 물었다. 나는 고개를 끄덕였지만, 괜히 나온 게 아닌가 싶었다. 식은땀이 나고, 다리가 후들거렸다. 내가 출산하고 쉬는 동안 지구의 중력이 미세하게 달라지기라도 한 것처럼 걷는 게 어색하고 힘들었다.

그러나 봄밤이었다. 공기가 향긋하고, 사람들의 발걸음이 가벼웠다. 사람들은 겨우내 입던 우중충한 패딩점퍼를 벗고, 밝고 가벼운 옷을 입었고, 모두 어딘가로 바삐 걷고 있었다. 카페의 테라스는 사람들로 북적이고, 목소리는 들떠 있고, 횡단보도에 초록불이 켜지자 사람들이 쏟아져 나와 맞은편 석촌 호수로 건너갔다.

석촌 호수를 에워싸고 서 있는 벚나무는 구름처럼 꽃을 매달고 있었다. 구름에게 잠시 앉아 있어 달라고 애원한 것처럼 어딘지 모르게 불안하지만, 아름다웠다. 나무마다 미어지듯 꽃을 매달고 있었고, 우리는 모두 이 모든 게 금방 끝날 것을 알고 있었다. 사람들은 세상에서 제일 좋은 걸 발견한 표정으로 벚꽃 앞에서 사진을 찍었다. 나도 그러고 싶은데, 그러려고 나온 것인데, 그럴 수가 없었고, 남편에게 매달려 있었다. 몸에 힘이 하나도 없고, 자꾸 무너질 것 같고, 그저 빨리 산후조리원으로 돌아가고 싶은 마음뿐이었다.

산후조리원에는 은호가 있었다. 투명한 플라스틱 박스에 홀로 누워 있는 내 아기. 은호가 보호자도 없이 산후조리원에 홀로 남겨져 있다는 생각이 머릿속에서 뱅뱅 맴돌았다. 만약 이 자리에서 남편과 내가 죽는다면 은호는 고아였다. 아무런 맥락도 없이 그런 생각이 떠올랐고, 벚꽃이고 뭐고 은호 옆에 있어야 몸도 마음도 편해질 것 같았다.

비망록과 속싸개

마침표 같은 눈물이 단 한 방울이라도 바닥에 떨어져 찍히
는 날엔 모든 것이 끝이다, 라고 믿는 사내의 가슴속엔 총알이
자동으로 튕겨져 올라오는 말줄임표의 탄창이 있다.

올봄엔. 벚꽃이. 피면. 그게 모두. 하나하나의. 마침
표처럼. 보일 것 같아. 후두둑. 떨어지는. 마침표 아래
서. 나는. 아무도 몰래. 울게 될 것 같아. 그리고는 말간.
얼굴로. 내 몸속에. 나이테 하나를. 더 간직하겠지. 그
속에 앉아. 백 년쯤. 기다리는. 여자가 될 테야. 말줄임
표의 탄창을 닦으며.

무섭지?
안현미, 「비망록」

안현미 시인의 『곰곰』이라는 시집에 있는 시인데, 그녀의 시집을 읽는 것은 신나는 경험이었다. 익숙한 말들이 새로운 옷을 입고 탄생하는 광경을 목격할 수 있고, 그건 시인만이 할 수 있는 일이고, 어쩌면 세상을 새로이 창조하는 일이었다. 게다가 시집은 짬짬이 읽기 좋고, 읽고 나서 여운이 길었다. 나는 그런 식으로라도 문학과 연결된 채 지내고 싶은 건지도 몰랐다.

책장에는 소설과 인문학 서적이 쌓여 있고, 노트북에는 아직 마무리하지 못한 소설이 있는데, 은호는 느닷없이 울고, 젖을 먹고, 똥을 쌌다. 나는 은호를 재우고, 달래고, 젖을 물리고, 기저귀를 갈고, 짬이 나면 시를 붙들었다.

시를 읽으면 이 세상 무엇이든 시가 될 수 있을 것 같았다. 하루는 속싸개 같은 것도 시가 될 수 있을지 궁금해졌다. 나는 은호를 속싸개로 감으며 시인과 시와 시의 탄생에 대해 생각했다. 만약, 시인이라면 속싸개에 감겨 춘권처럼 누워 있는 은호를 보며 시를 생각할까?

속싸개는 갓 태어난 아기를 감아두는 직물이었다. 주변에서는 아기를 엄마 배에 있을 때처럼 압박해주면 불안이 줄어든다고 했다.

속싸개를 싸는 방법은 간단하지만, 쉽지 않았다. 우선, 속싸개용 네모난 직물을 대각선으로 접어 삼각형으로 만들고, 긴 변이 위로 가게 펼친 다음 약간 왼쪽에 아기를 올려놓는다. 이때 긴 변의 위로 아기의 어깨선이 오게 하는데, 속싸개가 신생아의 입에 닿으면 입에 물고 빨 수 있었다. 어깨선을 맞추고 나면 다음에는 왼쪽 자락을 아래로 처지게 하여 아기 위로 반 바퀴 감고, 직물의 아랫부분은 다리를 자유롭게 움직일 수 있도록 여유 공간을 남긴 다음 위로 접어 올렸다. 마지막으로 오른쪽 자락을 아코디언처럼 접어서 반대쪽으로 당기며 아기를 감으면 되었다.

한 번 보면 배울 수 있을 만큼 간단하지만, 막상 해보면 조리원에서 해주는 것처럼 단단하고 깔끔하게 감기지 않았다. 똑같은 속싸개를 사용해도 조리원 선생님은 갓 풀 먹인 천으로 감싼 것처럼 매끈하고 단단하게 감았고, 나는 은호가 어깨를 들썩이기만 해도 벌어지고 이내 풀어져서 팔이 다 빠졌다.

속싸개가 풀어져서 팔이 빠져나오면, 손톱으로 얼굴을 긁어서 문제였다. 신생아의 손톱은 얇아서 깎기 힘든 데다가 날카로워서 아기가 아무렇게나 팔을 휘두르다가 이마나 볼에 칼로 벤 것처럼 가느다란 상처를 만들어내곤 했다. 그런 이유로 속싸개를 감으면, 은호는 죄수처럼 어깨를 흔들며 답답해했다. 3개월까지 속싸개를 감는 부모도 있다는데, 나는 60일경 풀어주고, 대신 손 싸개를 해주었다.

손 싸개는 벙어리장갑과 비슷하게 생겼는데, 장갑보다 훨씬 얇았다. 얼굴에 상처가 날까봐 양쪽 손에 씌워놓으면 은호는 빼버리거나 입으로 빨아서 끝이 축축하게 젖어 있곤 했다.

속싸개는 따로 팔기도 하고, 집에서 사용하는 넓은 타월로 대신할 수도 있었다. 나는 출산 전에 베이비 페어에 갔다가 얇은 이불을 몇 장 샀는데, 그게 면 소재여서 속싸개로 활용하고, 여름에 배를 덮어주고, 외출할 때 아기 띠 위로 은호를 한 겹 더 감싸고, 유모차에서 잠들면 커튼처럼 앞을 가리는 용도로 유용하게 활용했다.

마침내 따뜻해졌네요

내 경험으로 미루어 추측해보면, 초보 부모의 멘붕 이유는 크게 세 가지이다. 수유, 기저귀, 그리고 목욕. 수유는 낯설고, 기저귀는 끝없는 반복이고, 목욕은 무서웠다. 몸을 가누지 못하는 3~4킬로그램 정도 되는 신생아를 매일 씻기는 건 결코 쉬운 일이 아니기 때문이다. 나는 덤벙거리는 성격이고, 겁이 많고, 팔다리에 근육이 없어서 힘쓰는 일에는 자신이 없고, 그런 나를 아는 남편은 기꺼이 은호의 목욕을 맡았다.

거의 돌이 될 때까지 남편이 아침마다 은호를 씻기고 출근했고, 나는 남편 옆에서 조심스러운 손놀림을 지켜보곤 했다. 남편은 천천히 그리고 정성껏 은호를 씻겼고, 그것은 마치 어떤 신성한 의식처럼 보였고, 그러한 느낌이 코맥 매카시의 『로드』에 등장하는 목욕 장면과 어딘가 유사했다. 『로드』는 알 수 없는 화재로 문명이 소멸한 뒤의 세상을 묘사한 소설이고, 소설의 주인공은 남자와 소년이다. 그들은 아버지와 아들이고, 둘은 바다를 찾아서 이동한다.

문명이 잿더미가 되고, 오로지 생존하기 위해서, 인육을 먹는 것도 마다하지 않는 환경에서 씻는 일은 일상이 아니고, 어쩌다 주어지는 행운 같은 것이었다. 남자와 소년은 먹을 것을 구하려고 노력하며 이동하지만, 결국 굶주림 끝에 죽기 직전까지 내몰리고, 말 그대로 죽기 직전에 먹을 것이 잔뜩 쌓여 있는 지하 벙커를 발견한다. 그들은 벙커 속으로 들어가서 모처럼 실컷 먹고, 푹 자고 난 뒤 벙커 옆 낡은 집에 있는 욕조에서 목욕을 하기 위해 물을 끓여서 채운다. 그것은 시간이 오래 걸리는 일이지만, 과거의 세계를 오래 경험한 남자는 목욕의 즐거움을 알기에 소년을 위해 기꺼이 물을 끓였고, 앙상하게 마르고 더러운 소년은 욕조에 따뜻한 물이 채워지자 옷을 벗고 물에 들어가 앉아서 남자에게 이렇게 말한다.

- 마침내 따뜻해졌네요.

신생아의 목욕은 성인의 목욕과 다르다. 신생아는 체온 조절 능력이 떨어지므로 목욕 시간은 5~10분 사이가 적당하다. 물 온도는 여름에 38도, 겨울에 40도로 하고, 목욕 전에 기저귀, 로션, 타월 등을 미리 준비해두면 시간을 단축할 수 있다.

배꼽이 떨어지기 전에는 가제 수건을 활용하여 부분 목욕을 하고, 배꼽이 떨어지면 탕 목욕을 시킨다. 신생아 탕 목욕은 성인처럼 탈의한 뒤 욕조에 앉는 게 아니라 옷을 입은 상태로 시작한다. 씻기는 사람이 왼손 엄지와 중지로 신생아의 목을 받치고, 팔로 감아안은 다음 가제 수건으로 눈 위, 코, 볼, 목을 차례로 닦는다. 그런 식으로 세수를 시키고 엄지와 중지로 아기의 양쪽 귓바퀴를 접어 구멍을 막은 뒤 약간의 샴푸 거품으로 머리를 감긴다. 그리고 젖은 머리와 얼굴은 마른 수건으로 닦는다. 세수와 머리 감기를 마치면, 배냇저고리를 벗기고 물에 앉힌다. 물의 높이는 배꼽 약간 위로 오는 정도가 적당하다. 아기를 물에 앉힌 다음 다시 한 번 가제 수건을 이용하여 목, 겨드랑이, 사타구니 등 접힌 부위를 닦고, 남아의 경우 고환 뒤, 여아의 경우 음순 주변을 신경 써서 닦는다. 아기들은 항상 기저귀를 차고 있으므로 소변이나 대변이 남아 있을 수 있다. 끝으로 아기를 살짝 들어서 돌린 뒤 팔에 무게를 싣고 등과 엉덩이를 씻는다. 다 닦은 후에는 아기를 타월로 옮길 때 미끄러지지 않도록 주의한다.

신생아는 온종일 누워서 팔다리를 버둥거리고, 땀을 많이 흘렸다. 목욕하면 피부가 깨끗하게 유지되고, 긴장이 풀어지고, 혈액

순환에도 좋았다. 아기들은 목욕을 시키고 나면 발그레해졌다. 향긋한 냄새가 나는 몸에 깨끗한 옷을 입혀놓으면 흐뭇했다. 나는 남편이 출근하고 난 뒤 고요 속에서 매일매일 달라지는 은호를 감상했다. 볼이 더 통통해지고, 손가락이 길어지고, 발이 커진 것 같았다. 어쩌면 아기는 씻길 때마다 자라는지도 몰랐다. 씻으면서 허물을 벗는 것인지도 몰랐다.

창조, 이후

우리나라의 창조 신화는 (모두가 알고 있듯) 단군왕검과 웅녀에 대한 이야기이다. 쑥과 마늘을 먹으며 동굴에서 버틴 곰이 웅녀가 되어 하느님인 환인의 아들 환웅과 결혼하여 단군을 낳았다는 이야기. 신화에 의하면 대한민국에 사는 사람은 단군의 자녀이고, 우리 모두는 형제, 자매이다.

케네스 C. 데이비스의 『세계의 모든 신화』라는 책은 여러 문화권의 창조 신화와 신들에 대해 설명하고 있다. 그 책은 자신이 어디에서 왔는지 궁금하지만, 도저히 알 길이 없었던 과거 사람들이 자신의 기원에 대해서 상상해낸 다채로운 이야기들이 실려 있고, 나에게 신화는 그런 의미였다.

몇 가지 신화를 살펴보면, 이집트 사람들은 신이 손과 성교를 하거나 재채기를 하거나 침을 뱉어서 또 다른 신을 창조한다고 여겼다. 그렇게 태어난 신들이 결합하고, 아기를 낳아서 이 땅의 사람을 만들어냈다는 것이다. 메소포타미아 사람들은 신의 피에 먼지가 섞여서 사람이 만들어졌다고 하고, 인도 사람들은 우주의 알이라는 개념을 가지고 있는데, 그 알에서 신이 태어났고, 브라흐마와 사라스바티라는 신 사이에서 최초의 사람 마누가 태어났다고 적고 있다.

하지만 현재 우리는 정자와 난자가 만나서 아기가 생긴다는 과학적 사실을 믿고 있다. 그 설명은 검증된 것이고, 나도 그것이 진실이라는 것을 알지만, 우리의 기원이 신과 연관되어 있다고 믿으면 어떨까 하는 생각을 해본다. 우리가 유전자의 이동 도구라는 생각보다는 신과 연관된 존재라면 세상을 보는 시각이 어떻게 달라질지 궁금하기도 하다.

창조, 이후는 육아이다. 나는 세계의 모든 신화에 대해서는 책을 읽어서 대강 알고 있지만, 육아의 기본인 모유에 대한 지식은 부끄럽게도 거의 없었다. 그저 나보다 3개월 먼저 출산한 여동생이 모유가 흘러넘쳐 젖몸살이 올 정도인 것을 보았을 뿐이다. 여동생은 젖몸살이 심하게 와서 진통제를 먹었고, 수시로 모유를 유축해 냉동실에 넣어서 얼렸고, 모유량을 줄이기 위해 가슴에 양배추 잎사귀를 붙였다.

조카 다올은 풍요로운 모유를 마시고 무럭무럭 자랐다. 여동생을 보며 나는 은연중에 모유가 잘 나올 것으로 예상했다. 외모가 닮지 않은 자매지만, 그런 건 비슷하지 않을까 기대했던 것 같다. 만일, 모유가 나오지 않는다고 하더라도 분유를 먹이면 된다고 가볍게 생각했다.

그런데 은호가 태어나자 모든 게 달라졌다. 나에게는 숨 쉬고 똥 누는 것 외에는 아무것도 에 할 줄 모르는 이은호에게 무언가 먹여야 할 책임이 있었다. 산후조리원에는 방마다 유축기가 비치되어 있었다. 다른 엄마들은 유축기로 유축해서 모유가 듬뿍 담긴 젖병을 신생아실에 가져다주는데 나는 아무리 유축기를 돌려도 20밀리리터 채우기가 힘들었다. 아기 낳고, 일주일 동안 나오는 초유에는 아기의 면역에 좋은 성분이 많다고 하는데, 나는 초유를 제대로 구경조차 못했다.

아기에게 자주 물려야 모유가 돈다고 해서 짬이 날 때마다 물렸다. 그렇지만 밤에는 잠을 잤다. 밤에 수유하는 엄마들도 있지만, 나는 자고 싶었다. 산후조리원에서 나가면 혼자 지낼 생각이어서 컨디션을 끌어올려야 했다. 푹 자고 잘 쉬어서 좋은 컨디션으로 조리원에서 나가고 싶었다.

조리원에서 지낸 지 열흘쯤 지나자, 아침에 은호는 잠을 자는 대신 눈을 말똥말똥 뜨고 내 방으로 왔다. 두 눈에 호기심이 가득했다. 은호를 내 방에 데려온 신생아실 선생님은 아마도 배가 고플 거라고 일러주었다. 나는 수유 소파에 앉아 수유 쿠션 위에 은호를 내려놓고 젖부터 물렸다. 잘 나오는지 어떤지 모르지만 물렸는데 은호가 얼굴을 좌우로 돌리며 거부했다. 나는 배가 고플까봐 젖을 물리려 하고, 은호는 내가 고문이라도 하는 것처럼 입을 꼭 다물고 울었다. 얼굴이 터질 것처럼 빨개졌고, 달래도 울음을 그치려고 하지 않았다.

낮에는 젖을 잘 먹는데, 유독 아침에 심했다. 다른 때는 울지 않고 잘 먹으면서 아침에 방에 오면 울음을 터트렸다. 아침마다 전쟁을 치르는 기분이고, 나중에는 두려워졌다. 집에 가면 어떤 일이 펼쳐질지 걱정이 되었다. 한 주 더 산후조리원에 머물러야 하나. 이렇게 계속 울면 어떻게 하지. 그런 생각을 하던 어느 아침에 은호가 우는 소리를 듣고 온 신생아실 선생님이 잠시 지켜보더니 어쩌면 유두 혼동인지도 모르겠다고 말했다. 유두 혼동은 아기가 모유를 거부하는 것이었다. 젖병은 입만 대면 분유가 흘러나오는데, 모유를 마시기 위해서는 힘과 기술이 필요했다. 일단 아기는 혀로 엄마의 유두를 감싸야 하고, 입안 가득 유륜을 물고 힘껏 빨아야 했다. 은호는 그걸 하기 싫어서 우는 것인지도 몰랐다.

모유가 잘 나오지 않는 데다가 은호에게 유두 혼동이 있으니 나는 모유 먹이기를 좀 더 시도하든지, 분유로 갈아타든지 되도록 빨리 선택해야 했다. 제대로 선택하기 위해서 먼저 정보를 모았다. 모유 수유의 장점은 간단하고, 명확했다. 산모의 자궁 수축이 빨라져 몸매 회복이 원활하고, 수유하는 동안 피임이 되고, 아기가 젖을 빠는 운동을 하면 입과 턱의 근육이 발달하고, 어머니와의 애착 형성이 자연스럽게 이루어진다는 거였다. 그리고 모유는 신생아의 뇌 발달에 좋은 성분으로 구성되어 있었다.

분유로 갈아타는 건 언제든 할 수 있기에 더 노력해보기로 했다. 산후조리원에서는 은호에게 분유를 줄 때 스푼 젖병을 사용해주기로 했다. 스푼 젖병은 앞부분에 젖꼭지 대신 부드러운 실리콘 스푼이 달려 있었다. 젖병이 일반 젖병보다 말랑말랑해서 옆부분 누르면, 실리콘 스푼에 분유가 고이고, 그걸 신생아의 입에 흘려보냈다. 스푼 젖병은 일반 젖병보다 분유를 먹이는데 시간이 오래 걸리는데도 조리원에서 나가는 날까지 그렇게 해주었고, 스푼 젖병을 사용하니 유두 혼동 때문에 아침에 우는 일이 없어졌다.

항해의 목적

　　산후 조리원에는 대략 서른 명의 산모가 머물고 있었는데, 그중에서 머리카락이 반백인 산모가 눈에 띄었다. 그녀는 언제나 반백의 머리카락을 바짝 뒤로 묶고 있었고, 눈과 입가에 주름이 깊었다. 어깨가 굵었고, 종아리가 단단했다. 조리원 동기들은 어떻게 알았는지 그녀에게 중학교에 다니는 딸이 두 명이나 있다고 알려주었다. 내가 보기에 그녀는 적어도 사십 대 후반은 된 것 같았고, 이번에 사내아이를 낳았다고 했다. 사내아이가 4대 독자라는 소문이 돌았다.

　　아이가 4대 독자여서인지, 원래 살가운 편인지, 삶이 여유로운 건지, 그 산모의 남편은 조리원에서 살다시피 했다. 대부분의 남편들은 아침에 조용히 출근하고, 저녁에 퇴근하고 슬그머니 방으로 들어갔다. 남편들은 거의 눈에 띄지 않는데, 유독 그녀의 남편만 아무 때고 모습을 드러냈고, 벙글벙글 웃고 있었다. 다른 산모들은 어떤지 몰라도 나는 그녀의 남편과 마주치면 흠칫 놀랐다가 돌아서면 웃음이 새어 나오곤 했었다.

그러던 어느 날, 저녁 식사를 마치고 방에서 책을 보다가 문득 은호가 보고 싶어서 신생아실에 갔다가 돌아오는 길에 그녀를 보게 되었다. 신생아실에서 내가 머물던 방으로 가려면 홀을 지나쳐야 했다. 홀은 산후조리원의 가장자리에 있는 넓은 공간으로 일종의 강당 같은 곳이었다. 요가나 성명학 수업, 그 외에 신생아 목욕이나 주의 사항 등을 알려주는 공간이었다.

반백의 그녀는 홀에 있는 야트막한 무대에 걸터앉아 있었다. 나는 빠르게 걷다가 놀라서 우뚝 멈췄고, 그녀는 우유를 마시고 있었다. 로커처럼 다리를 벌리고, 한쪽 다리에 팔꿈치를 기댄 채 1리터짜리 우유를 들이켜는 중이었다. 수유를 하면 수시로 배가 고프지만, 1리터짜리 우유를 단번에 마시는 건 쉽지 않은 일이었다. 하지만 어쩐지 그녀는 그 자리에서 1리터를 다 마실 것 같았다. 그녀에게서 그런 의지가 느껴졌고, 나는 뭉클해졌다. 사람에게는 그런 의지가 발현되는 순간이 있고, 나는 그런 사람을 한 명 더 알고 있었다. 허먼 멜빌의 『모비 딕』에 등장하는 에이해브 선장.

에이해브 선장은 모비 딕이라는 흰고래와의 결투로 한쪽 다리

를 잃고, 모비 딕과 비슷한 고래의 뼈로 의족을 만들어 끼고, 피쿼드
호를 타고 모비 딕을 쫓기 시작한다. 그는 주위의 만류에도 아랑곳
하지 않은 채 대서양을 지나고, 희망봉을 돌고, 인도양에서 태평양
까지 나아가며 오로지 모비 딕만 쫓는다. 선장은 말한다. 지구 곳곳
에서 모비 딕을 추적하는 것, 그놈이 검은 피를 내뿜고 지느러미를
맥없이 늘어뜨릴 때까지 추적하는 것, 그것이 우리가 항해하는 목
적이다.

반백의 그녀와 나를 포함해서 산후조리원에 머무는 엄마들의
목적 중 하나는 아기를 먹이는 것이다. 나는 1리터짜리 우유를 한꺼
번에 마신 적은 없지만, 나름대로 최선을 다했다. 끼니때마다 미역
국을 한 그릇씩 먹었고, *수유하고 나서 두유를 한 팩씩 마셨다. 조리
원에서 사은품으로 준 모유보감도 수시로 타 먹었다. 모유보감은
돈족 성분이 함유된 한방차 같은 것으로 수유를 도와준다고 했다.
그 외에도 수유실에 맘알레떼라는 모유 차 광고를 보고 호기심이
생겨서 인터넷으로 주문했다. 나중에 보니 맘알레떼 외에도 수유
를 돕는 허브 차 종류가 꽤 다양했는데, 내 입에는 맘알레떼가 가장
잘 맞았다. 허브 향이 덤덤해서 마시기 좋고, 수유량도 느는 듯했다.

*수유할 때의 영양

모유에는 우리 몸에 필요한 단백질이나 당분, 콜레스테롤이 많이 포함돼 있어서 아기의 성장, 발달, 지능에 긍정적으로 작용한다. 또한, 면역 물질이 들어 있기 때문에 모유를 먹고 자란 아기들이 질병에 강하다고 알려져 있다. 산모에게는 자궁 수축에 도움을 주고, 체중 관리에 효과적이다.

	일반 여성 (19 ~ 49세)	수유 시	
		추가 권장량	추가(%)
수분	2,050ml	700ml	34
칼로리	2,000kcal	320kcal	16
단백질	47.5g	20g	42
비타민 A	650μgRE	490μgRE	75
비타민C	100mg	35mg	35
비타민D	5μg	5μg	100
비타민E	10mgTE	3mgTE	30
비타민E	10mgTE	3mgTE	30
엽산	400μg	150μg	38
칼슘	650mg	370mg	57
아연	8mg	5mg	63
구리	800μg	450μg	56
요오드	150μg	180μg	120
철	14mg	–	0

표를 살펴보면, 비타민 A, 비타민 C, 비타민 E, 칼슘, 아연, 구리, 요오드가 더 많이 필요하다. 칼슘의 경우에는 57%나 더 필요하므로 종합비타민과 칼슘제를 병용하는 게 좋다. 이런 성분들이 부족하다고 해서 모유의 성분이 극적으로 바뀌지는 않지만, 수유부는 골고루 섭취해서 저장해두어야 한다. 영양소가 부족해지면 산후 회복이 더딜 수 있다. 무기력, 우울증, 빈혈, 탈모, 골다공증이 발생할 가능성도 높아진다.

아기들이 태어난 지 두 달 무렵

조리원에 들어간 날, 한 테이블에서 네 명의 여자가 함께 식사를 했다. 나는 그 네 명의 여자 중 한 명이었고, 우리는 대화를 나누었고, 식사를 마칠 즈음에는 조리원에서의 첫 끼니를 같이 했다는 것을 알게 되었다. 우리는 같은 날 출산했고, 그건 아이들 생일이 같다는 의미이고, 네 명 중 세 명은 산부인과도 같았다. 그걸 알고 나서 보니, 산부인과에서 퇴원 전 산모들을 대상으로 하는 교육에서 본 기억이 났다.

조리원에 있는 동안 우리는 식사 시간마다 만났다. 멤버 중 한 명이 늦으면 무슨 일이 있나 걱정했고, 수유실이나 로비에서 마주치면 수다를 떨었다. 가끔 넷이 나란히 서서 신생아실 유리창 너머로 아기들을 바라보며 속눈썹의 길이나 피부색, 머리카락 숱을 비교해 보기도 했다. 그렇게 2주를 보내고 나니 정이 들어서 조리원에서 나갈 때 휴대전화 번호를 교환하고 채팅방을 만들었다.

갓 태어난 아기와 온종일 집에서 지내는 건 쉬운 일이 아니었다. 아기는 미지의 대상이고, 우리는 걱정과 혼란과 사랑의 시간을 보냈고, 간간이 채팅으로 수다를 떨었다. 채팅방에 아기의 사진을 올려서 성장을 공유하는 것도 큰 기쁨이었다. 은호를 키우면서 나는 다른 세 아기의 성장을 지켜보았다.

은호 친구의 이름은 다현, 서준, 지수였다. 다현은 2년 일찍 태어난 오빠가 있어서 모든 면에서 빨랐다. 다른 아기들이 목을 가누지 못할 때 기어 다녔고, 돌이 되기 한참 전에 씩씩하게 걸어서 우리를 놀라게 했다. 서준은 아기 중 제일 먼저 "엄마!"라고 말해서 천재 소리를 들었고, 지수는 아빠와 엄마가 키가 커서인지 아기 때부터 팔다리가 모델처럼 쭉쭉 길었다.

아기들이 태어난 지 2개월이 지난 뒤, 우리는 만나기로 했다. 그즈음 되니 데리고 나가도 될 것 같았고, 만나서 얼굴을 보고 싶기도 했다. 약속 장소는 아기 놀이방이 있는 동네 카페였다. 그곳은 엄마들의 아지트였다. 아기 놀이방이 있고, 놀이방에 아기 돌봐주는 사람이 상주하고, CCTV가 설치되어 있고, 식사와 음료를 판매했다. 이보다 더 좋을 수는 없었다.

그러나 나는 갈까 말까 망설였다. 수유가 자리 잡히기 전이고, 몸도 말이 아니었다. 감기에 걸린 것도 아닌데 수시로 기침을 하고, 식은땀이 나고, 수유 때문에 밤에 잠을 못 자서 힘들고, 수유를 위해 물을 많이 마셔서 화장실에 자주 드나들었다. 약속 장소는 집에서 불과 십오 분 거리였다. 나는 망설이고 망설이다가 옷을 대강 주워 입고, 머리를 묶었다. 이대로 포기하면 은호를 데리고 영영 외출하지 못할 것 같았다.

6월 초인데 낮 기온이 30도를 찍었다. 햇살이 양산을 뚫고 들어왔고, 바람이 없어서 답답했다. 아기 띠 속 은호는 숯불처럼 뜨겁고, 얼굴에서 땀이 줄줄 나는데, 나는 몸속이 춥다고 느꼈다. 긴 소매 바람막이 점퍼에 긴 바지를 입고, 땀을 닦으며 걸었다. 길옆 붉은 벽돌 담에 능소화가 피어 있었다. 연한 주홍빛 능소화가 환상처럼 피어 있고, 나는 모퉁이를 돌았다.

누군가 멀리서 "언니!" 하고 불렀다. 빛이 강해서 눈을 찡그린 채 소리가 들리는 쪽으로 고개를 돌렸다. 미러 선글라스를 쓴 여자가 긴 팔을 한들한들 흔들고 있었다. 시원하게 자른 단발머리와 파스텔 톤 홀터넥 원피스가 나를 향해 성큼성큼 다가왔다. 내가 멍하니 서 있자 여자가 선글라스를 벗고 밝게 웃었다. 조리원 동기였다. 조리원에서 지내는 동안 쌀자루처럼 생긴 물 빠진 분홍색 원피스를 입었고, 내 기억 속 모습은 그게 전부여서 새로운 모습이 낯설었다.

엘리자베스 베넷은 신사들의 수가 부족했기 때문에 두 번이나 춤을 못 추고 앉아 있어야만 했다. 그러다가 다르시 씨가 바로 옆에 서 있었으므로 그가 빙리 씨와 나누는 대화를 엿듣게 됐다. 빙리 씨는 다르시 씨에게 춤을 추라고 권하기 위해 2~3분 동안 춤을 멈추고 친구 옆으로 온 것이었다.

"자, 다르시" 하고 빙리 씨가 말했다. "자네도 춤을 추게. 이렇게 멍하니 혼자서 왔다 갔다 하는 것은 보기 싫네. 춤을 추는 게 좋아."

"그만두겠네. 상대를 잘 알지도 못하면서 춤을 추는 건 싫어. 이런 데에서는 정말 참을 수 없을 것 같네. 자네 누이들은 선약이 있고, 다른 여자들과 함께 추면 벌 받을 것만 같고."

"그렇게 까다롭게 굴지 말게" 하고 빙리 씨는 소리쳤다. "정말 오늘 밤처럼 유쾌한 여성들을 많이 만난 적은 한 번도 없었어. 자네도 보다시피 뛰어나게 예쁜 여자들도 많잖아."

"이 방 안에 있는 단 하나의 미인은 자네하고 춤을 추지 않나" 하고 다르시 씨는 베넷 집안의 만딸을 보면서 말했다.

"응, 저런 미인은 쉽지 않지. 하지만 자네 바로 뒤에 그녀의 동생이 앉아 있네. 얼마나 예쁜데 그래. 상냥하기로도 이루 말할 수 없고 말야. 내가 파트너한테 소개해줌세."

"누구 말야?" 하고 돌아서면서 그는 잠시 엘리자베스를 바라보다가 시선이 부딪치자 자기 시선을 돌리며 냉담하게 말했다. "그만하면 됐군. 하지만 나를 유혹할 만큼 예쁘진 않은데. 게다가 다른 남자들에게 무시당한 여자의 체면을 세워줄 생각은 없네. 자네나 어서 파트너에게 돌아가 그녀의 미소를 즐기게. 나하고 같이 있는 건 시간 낭비야."

제인 오스틴의 『오만과 편견』에서 엘리자베스의 마음을 차갑게 얼어붙게 만든 다아시와 빙리의 대화이고, 엘리자베스는 이 대화를 들은 뒤로 오랫동안 다아시를 오만한 남자라고 오해했다. 이 소설은 첫인상이 얼마나 막강한지를 말하고 있고, 나는 조리원 동기들을 보며 이 장면을 떠올리지 않을 수 없었다.

쌀자루처럼 생긴 물 빠진 분홍색 원피스를 벗어 던진 엄마들은 예쁘고 화사했다. 홀터넥 원피스를 입은 엄마는 모델처럼 보이고, 마스카라와 볼 터치를 바르고 나온 엄마는 고왔고, 민소매 티셔츠에 체인 목걸이를 건 엄마는 로커 같았다. 사정이 이렇다 보니 나

는 영락없이 까마귀였고, 그건 은호도 마찬가지였다. 다른 아기들
은 프릴이 달린 붉은색 원피스, 나비넥타이, 깔끔한 티셔츠를 입고
나왔는데, 은호은 집에서 입던 차림 그대로였다. 낡아서 희끄무레
한 내복에 새파란 양말. 이 더위에 도대체 양말은 왜 신기고 나온 것
인지.

나는 몰래 은호의 양말을 벗겼다. 엄마들이 아기 띠를 풀고 은
호를 내려놓으라는데, 창피해서 그럴 수 없었다. 먼저 온 엄마들은
아기를 의자에 내려놓고 있었다. 아직 뒤집기를 못해서 의자에 내
려놓아도 되지만, 혹시라도 뒤척이다가 떨어질까봐 아기 옆을 손
으로 막고 있었다. 언니, 안 무거워요? 내려 놔요. 여기에. 자리까지
딱 정해주는데, 마다할 수 없어서 아기 띠 버클을 풀었다.

홀터넥 드레스를 입고 온 조리원 동기가 입을 열었다. 우와! 언
니, 은호 언제 이렇게 컸어? 다른 엄마들도 보더니 한 마디씩 거들
었다. 은호 진짜 많이 컸다. 언니야, 은호에게 뭐 먹였어? 그제야 나
는 다른 아이들을 살펴보았다. 다들 무럭무럭 자라고 있었다. 모두
뽀얗게 살이 올랐고, 키도 제법 큰 것 같고, 외모가 구별되었다. 그
걸 보니 잘 나왔다는 생각이 들었고, 흐뭇해졌다.

페퍼민트 차가 퍼져나가는

산후조리원에서 나간 뒤 나는 거의 온종일 젖을 물렸
지만, 은호가 양껏 먹고 있는지 확신할 수 없었다. 신생아 시절에는
소변량으로 모유량을 추측하는데, 나쁘지 않지만 모유량에 대한
자신감이 없었다. 그리고 하루 종일 젖을 물리니 *젖꼭지가 아팠다.
얼마 지나지 않아 피가 나고, 단유를 해야 하는 상황이 올 수도 있으
리라는 생각이 들었다. 막다른 골목에 다다른 듯했다.

포기하기 직전이고, 지푸라기를 찾는 심정으로 인터넷을 뒤지
다가 오케타니를 알게 되었다. 그걸 통곡이라고도 부르는 모양인
데, 일종의 가슴마사지인 듯했다. 여동생에게 전화를 걸어서 물어
보니 직접 받아본 적은 없지만, 들어는 봤다고 했다. 효과가 있다는
말을 전해 들은 모양이었다.

마침 집 근처에 오케타니 센터가 있었고, 대표 번호가 휴대전

화 번호였다. 망설이다가 밤 아홉 시에 전화를 걸었는데, 센터 선생님은 늘 있는 일이라는 듯 아무렇지도 않게 원하는 시간에 오라고 했다. 그래서 다음 날 새벽 다섯 시 반에 택시를 탔다. 남편 출근 전에 다녀와야 했기 때문이다. 오케타니 마사지를 받고도 젖량이 늘지 않으면, 분유로 갈아탈 생각이었다.

오피스텔은 14층이었고, 입구에서 실내가 다 보일 정도로 작았다. 문 앞에 로비 역할을 하는 아일랜드 식탁과 작은 주방과 화장실이 있고, 정면 창문 앞에 원목 침대가 있었다. 침대 옆으로 이인용 패브릭 소파와 아기 침대와 바운서와 알록달록한 인형 몇 가지와 수유 쿠션이 있었다. 선생님은 스물 후반으로 피부가 르누아르 그림에 등장하는 소녀처럼 하얗고, 눈썹과 콧대가 곧았다.

나는 그 선생님에게 오케타니 마사지를 세 번 받았다. 두 번은 새벽에, 마지막 한 번은 밤늦은 시간에. 선생님은 내 가슴이 많이 뭉쳐 있다고 했고, 특히 오른쪽 가슴 윗부분에 단단한 멍울이 있다고 알려주었다. 선생님은 멍울을 풀려고 애썼지만, 풀리지 않아서 압구정 센터로 나를 보냈다.

거기가 오케타니 센터의 본점이었다. 거기서 마사지해주는 선생님이 우리나라에 오케타니 마사지를 들여온 분이었다. 그녀는 간호사 출신으로 일본에 가서 가슴 마사지사 오케타니 소토미 여사에게 직접 배웠다. 오케타니라는 이름은 거기서 유래했고, 일본어 오케타니를 한자로 읽으면 '통곡'이었다.

모유 수유는 하루도 거를 수 없는 일이어서인지 압구정 본점도 스케줄을 빨리 잡아주었다. 나는 바로 그 주 토요일에 압구정 센터로 향했다. 은호를 낳기 전에 일했던 곳이 압구정동 인근이었고, 불과 5~6개월 전에 남편과 거닐고, 맛집을 찾아다니고, 쇼핑 하던 압구정 가로수 길을 태어난 지 50일도 안된 은호를 데리고 오게 되리라고는 상상하지 못했다. 친정어머니가 스케줄이 되어서 함께 와주었다.

오케타니 압구정 본점은 가로수길 뒤 쪽 허름한 건물 2층을 사용했다. 안으로 들어가자 안내 데스크가 있고, 데스크 옆에 소파와 아기 침대와 장난감이 있었다. 동네 센터와 다른 점이 있다면 여러 가지 상패들이 진열되어 있었고, 상패 맨 아래 칸에 대기업 오너의 3세가 자필로 쓴 편지 복사본이 놓여 있었다. 그녀는 꽤 유명한 여성 기업인인데, 손 편지로 감사의 마음을 전하고 있었다.

나는 은호를 침대에 눕히고, 마사지실로 갔다. 마사지실에는 칸막이로 분리된 침대가 놓여 있는데, 독서실과 비슷한 분위기였다. 내가 침대에 눕자 직원이 희고 두툼한 수건을 침대 옆 작고 투명한 대야에 담긴 따뜻한 물에 적신 다음 꼭 짜내서 내 가슴 위에 올려놓았다.

수건이 식기 전에 빨간 테 안경을 쓴 중년 여성이 경쾌하게 다가왔다. 그녀는 눈에서 생기가 넘쳐흘렀고, 목소리에 힘이 있었다. 선생님은 의자에 앉아 수건을 치우고 양손으로 내 가슴을 잡아 이리저리 돌리고 나서 직업이 뭐냐고 물었다. 약사이고, 소설도 쓴다고 답했더니 팔을 많이 쓰는 직업일수록 가슴이 뭉쳐 있고, 스트레스를 받으면 어깨가 뭉치고, 그게 쌓이면 가슴에도 영향이 미친다고 설명해주었다.

선생님의 손가락은 힘이 있으면서도 부드럽고, 끝이 적당히 무거웠다. 손가락 끝에 특수하게 제작된 자석이 부착된 것처럼 피부에 자극 없이 착착 감겼다. 선생님은 내 가슴을 손바닥으로 누르고, 돌리고, 잡아당기고, 손가락으로 두드렸다. 어려운 곡을 연주하는 피아니스트처럼 손가락이 쉴 새 없이 움직이고, 손끝이 가슴에 닿을 때마다 페퍼민트 차가 퍼져나가는 것처럼 시원했다. 선생님은 어느 경지에 다다른 것처럼 보였고, 나는 눈을 감은 채 언젠가 읽었던 미셸 슈나이더의 『글렌 굴드, 피아노 솔로』라는 책을 기억했다.

아마도 선생님의 손가락이 피아니스트를 연상케 한 모양이고, 나는 종종 유튜브에서 글렌 굴드의 공연 실황을 보곤 했고, 『글렌 굴드, 피아노 솔로』라는 책을 몇 번이나 읽었다. 책은 천재 피아니스트

글렌 굴드에 대한 전기인데, 특이하게도 연주와 연주회를 중심으로 묘사했고, 글렌 굴드는 뛰어난 피아니스트이지만, 1964년, 그의 나이 서른둘, 절정기에 무대를 떠나서 음반 녹음과 라디오 텔레비전 방송 녹음, 음악적 접근에 대한 기사 쓰기로 활동을 제한했다.

하지만 그는 음악에 미쳐 있는 사람이고, 나는 그가 음악을 다양한 방식으로 점령해나가는 것을 좋아했다. 그중에서 그가 대위법을 처음으로 접하게 된 것을 묘사한 장면이 인상적이었다. 그는 바흐가 아니라 모차르트 C장조 푸가 K. 394를 통해서 대위법을 접하게 되었고, 피아노를 치는 중에 가정부가 청소기를 틀어서 소리를 들을 수 없게 되자, 연주를 그만하는 대신 거기서 이점을 발견했고, 촉감으로 느끼는 푸가의 현존이 손가락의 위치로 표현된다는 것을 깨닫는다. 글렌 굴드에게 청소기 소리는 차폐물이 되고, 푸가는 형태를 갖추고 상승하는 것이다.

글렌 굴드와 선생님이 내 안에서 조용히 교차하는 동안, 가슴의 멍울 같은 것들이 풀어져서 어느새 따뜻한 마시멜로처럼 말랑말랑해졌다. 그 뒤로도 나는 선생님에게 마사지를 두어 번 더 받았고, 모유 수유를 할 수 있을 것 같다는 확신이 들었고, 은호에게 모유를 먹일 때 종종 글렌 굴드의 골드베르크 변주곡을 들었다.

*유두 균열

아기가 유두를 바른 방법으로 물지 못하면, 상처가 생기고, 갈라진다. 이런 때 바를 수 있는 크림은 덱스판테놀 성분의 연고와 라놀린 100크림이 있다. 덱스판테놀 연고 중 대표적인 것은 비판텐 연고이고, 라놀린 100 크림은 모디파이드 라놀 크림이다. 둘 다 모유 수유 직후에 바르는 게 좋고, 아기가 먹어도 된다.

애플리케이션에 저장된 첫 기록

은호를 임신하고서 즐거웠던 일 중 하나는 차세대 예술인력 육성 문학 분야가 신설된 것이고, 나는 다섯 번 선정되었다. 차세대 예술인력 육성 문학 분야는 등단한 작가의 단편소설과 시를 <문장 웹진> 에 실어주는 행사였다. 나는 임신 기간과 출산 뒤 1년 동안 다섯 편의 단편 소설을 <문장 웹진>에 발표했고, 그 덕에 <빠릇파릇 문학콘서트>에 참여했고, 2016년 11월에 단편소설집이 나왔고, 2017년 1월에 <문장의 소리> 공개방송에 나갔다.

<문장 웹진>에는 나의 단편소설 다섯 편 뿐 아니라 최근에 활발하게 활동하는 소설가의 단편소설, 시인의 시와 흥미로운 평론까지 무료로 볼 수 있다. <문장 웹진>은 한 달에 한 번씩 업로드 된다.

나는 <문장 웹진>을 주로 휴대전화로 보았다. 컴퓨터로도 볼 수 있지만, 지하철이나 버스에서 책을 펼치기 힘들 때 종종 들어갔

다. 기계치이고, 종이책을 좋아해서 전자책을 구매하지는 않았지만, 휴대전화로 소설을 읽는 것도 때로는 즐거웠다. 휴대전화는 가볍고, 넘길 필요가 없고, 언제고 꺼내서 볼 수 있으니까.

가방에 항상 책을 한 권씩 넣어가지고 다니지만, 휴대전화는 손 닿는 곳에 있었다. 어느 라디오 프로그램에서 우리가 들고 다니는 휴대전화의 기능이 우주선을 달로 보낼 때 사용하던 컴퓨터 보다 뛰어난 성능이라는 이야기를 들은 적이 있었다. 생각해보면, 휴대전화는 만능이었다. 통화와 문자와 카톡은 기본이고, 기사와 동영상을 보고 공유할 수 있고, 은행 업무를 보고, 라디오와 팟캐스트를 듣고, 사진을 찍고, 사진을 보정하고, 한글 문서를 수정하고, 내비게이션으로 사용하고, 도서관 회원증을 저장하고, 택시를 부르고, 가계부를 썼다.

그랬는데, 나는 수유할 때 수첩을 옆에 놓고, 날짜를 적고, 그 아래로 수유 시간과 어느 쪽 가슴을 먼저 주었는지 적었다. 그래야 다음번에 반대쪽부터 먹일 수 있었다. 아기들은 빠는 힘이 약해서 먼저 먹이는 젖가슴이 비교적 깨끗하게 비워졌고 그런 이유로 양쪽을 번갈아 먹여야 했다. 그렇게 하지 않으면 먹이지 못한 가슴이 뭉치고, 젖몸살이 올 수 있었다. 내 경험으로는 아기가 어릴 때는 양쪽 가슴을 번갈아 먹이고, 7~8개월가량 되면 양쪽을 한 번씩만 물리면, 속까지 비워졌다.

허리에 반달 모양 수유 쿠션을 끼고, 그 위에 은호를 올려놓고, 젖을 물린 뒤 허리를 세우고 수첩에 무언가를 끼적이는 건 쉽지 않은 일이었는데, 맘 카페를 떠돌다가 수유애플리케이션이 있는 걸 알게 되었다. 검색해보니 이미 여러 개의 수유애플리케이션이 나와 있었는데, 그중에서 내가 받은 것은 수유를 시작할 때 화면에 떠 있는 좌 또는 우의 젖가슴 모양을 터치하고, 반대편을 먹일 때 한 번 더 터치하고, 다 먹인 다음 터치하면 끝이었다. 그 세 번의 터치로 수유 시작 시각, 좌와 우 방향, 수유 시간, 일일 수유 횟수까지 정리되었다.

오랜만에 찾아보니, 애플리케이션에 저장된 첫 기록은 4월 17일이었다. 은호가 3월 26일에 태어났으니 20여 일이 지나고부터 애플리케이션을 사용한 셈이었다. 4월 17일에 나는 은호에게 젖을 24번 물렸다(그렇게나 많이 물린 것이 놀랍다. 그리고 애플리케이션을 알기 전에 그렇게 자주 수첩에 적어야 했던 내 모습이 처량하다는 생각이 든다.) . 한 번 물린 시간이 8분에서 14분 정도이니, 온종일 젖을 물리고 있었던 모양이다. 그러한 패턴은 일주일 이상 계속되다가 그다음 주에 (다행히도) 14회로 줄어들었다.

14회씩 먹이는 게 2주일 동안 유지되다가 5월 9일부터 모유 수유 패턴이 잡혀서 세 시간 간격으로 하루 7회 먹였다. 그 패턴이 4개월간 지속되었고, 9월에는 하루 5번, 먹이는 시간은 1시간 내외로 줄었다. 나는 은호가 11개월이 될 때까지 분유 보충 없이 모유만 먹였는데, 모유를 끊기 직전에는 하루에 3번 수유했다(이유식을 병행하고 있었다.). 수유 시간은 아침 8시, 정오, 그리고 저녁 7시 30분. 먹이는 시간은 세 번 합쳐서 30분에서 40분 내외였다.

작은 지식

내가 책상 옆에 두고 보는 책 중 한 권은 발터 게를라흐의 『미신 사전』인데, 이 작은 책의 부제는 '미신이라는 창을 통해서 보는 인간사의 재미있는 이면'이고, 가벼운 이야기여서 심심할 때 읽기 좋았다.

작고 얇은 책이지만, 사전이라는 이름이 붙어 있기에 가나다라 순서로 되어 있었다. 가려움부터 시작해서 흰독말풀로 끝이 나는데, 우리에게 익숙한 가려움은 무려 기원전 1세기에 스토아학파에 속하는 대학자 포시도니우스가 점복술에 관한 저서에서 체계화했고, 이른바 '경련 문학'이라는 사이비 학문이 퍼지기도 했다. 흰독말풀은 원산지가 아메리카이고, 오늘날 중유럽, 서유럽, 아시아로 퍼졌는데, 마취와 환각 상태로 이끄는 성분이 있어서 예부터 '사랑의 묘약'으로 인기를 끌었다.

책은 나로서는 예상할 수 없는 내용으로 채워져 있고, 그중에서 민간의학이라는 제목 아래 등장하는 민간요법들은 내 눈을 의심하게 했다. 예를 들어, 천식에 걸리면 메뚜기와 꿀과 포도주를 섞어서 먹으라고 했고, 배가 아프면 돼지 똥에서 나온 즙을 포도주에 섞어 마시라고 했고, 성병에 걸리면 암탉, 거위, 암말, 당나귀와 성관계를 맺으라 했고, 머리가 아프면 해골을 머리에 올려놓으라는 식이었다. 말 그대로 민간에서 하는 주술적인 행위들을 모아놓은 것이고, 그밖에도 홍역, 아구창, 현기증, 치통 등에도 놀라운 방법이 제시되어 있는데, 하나하나 읽노라면, 의학 같은 학문의 도움 없이 어떻게든 해결해보겠다는 의지가 경이롭게 여겨졌다.

과거에 비하면, 우리의 세계는 한결 정돈되어 있고, 나는 현대에 사는 걸 감사하게 생각하고, 여기에 몇 가지 작은 지식을 적는데, 알아두면 유용하고, 몰라도 크게 해가 되지 않지만, 도움이 될까 싶은 마음에 적어 본다.

젖을 물리는 방법은 다음과 같다. 수유 쿠션을 사용할 수도, 사용하지 않을 수도 있지만 어떤 방법으로든 젖가슴 가까이에 아기를 놓는다. 아기가 준비되면 엄마가 손으로 유륜 주위를 'C' 모양으로 잡고 유두로 아기 입 주변을 자극한다. 유륜은 유두 주변의 불그스름한 원으로 오돌토돌 돌기가 돋아 있다. 아기는 입 주위가 예민해서 작은 자극에도 입을 벌리게 되고, 그때 엄마가 손에 가볍게 힘을 주어 유두가 위로 올라가게 한 뒤 유륜 부위까지 듬뿍 아기의 입에 밀어 넣는다. 그렇게 물려야 아기가 젖을 잘 빨고, 유두가 허는 것도 막을 수 있다.

모유는 나오는 순서에 따라 전유와 후유로 나뉜다. 먼저 나오면 전유, 나중에 나오면 후유라고 불린다. 전유의 주요 성분은 수분과 유당이고, 후유는 지방 함량이 높다. 전유는 아기의 갈증을 풀어주고, 뇌 발달을 도와주지만, 후유를 마시지 못하면 금세 허기가 진다. 후유까지 먹어야 포만감을 느끼고, 체중이 증가한다. 모유를 먹였는데 아기가 배고파하면 후유까지 먹지 못한 것일 수 있으니 수유 시간을 늘린다. 모유는 먹이는 양이 눈에 보이는 게 아니므로 소변의 양으로 추측한다. 소변량이 줄면 모유량이 부족한 것일 수 있으니 수유 시간이나 횟수를 늘리거나 수유하는 방법을 확인해본다.

신생아 때는 체중이 꾸준히 증가한다. 태어나면서 생리적 체중 감소가 발생하나, 곧 회복한다. 집에서는 매일 체중 재는 게 어려우므로 단골 소아청소년과를 정해놓고 다니면 체중 변화를 쉽게 알 수 있다. 아기들은 일반적으로 돌 무렵이 되면 태어날 때보다 2.5~3배 자란다. 3킬로그램 전후로 태어난다고 가정하면, 돌 전후로 9킬로그램이 넘으면 잘 자란 것으로 본다.

땀이 흐르고, 기침하고

수유가 어느 정도 자리가 잡힌 뒤에야 나는 내 몸이 정상이 아니라는 걸 깨달았다. 그전에는 머릿속에 수유에 대한 생각뿐이었다. 모유 수유를 하든, 분유로 갈아타든, 결론을 내야 했고, 그 와중에 은호를 재우고, 기저귀 갈고, 청소하고, 요리하고, 설거지하고, 빨래를 해야 했다. 일이 쌓여 있고, 정신이 없는데, 수유가 해결되니 그나마 여유가 생겼다.

나는 땀을 줄줄 흘리고, 숨을 가쁘게 쉬었고, 어지러워서 머리가 빙빙 돌았고, 날이 더운데도 수시로 기침을 했다. 그리고 시간만 나면 누웠다. 은호를 낳기 전에는 낮에 짬이 나도 눕지 않았다. 누워 있는 시간이 아까웠고 책을 읽거나 글을 썼다. 그랬는데, 은호가 잠들면 함께 곁에 누워서 창 너머 파란 하늘을 바라보며 기침을 하고 있었다. 창문으로는 후텁지근한 바람이 밀려들고 있었다. 그런 내

상태가 한심하고, 힘들어서 조리원 동기들과 채팅할 때 하소연을 늘어놓았더니, 누군가 산후보약을 먹었냐고 물었다.

산후 보약? 이름은 들어보았지만, 굳이 먹어야 한다고 생각하지 않았고, 어디서 파는지도 몰랐다. 언니, 그동안 뭐 했어. 난 먹었지. 조리원에서 나오자마자 한 재 먹었지. 다들 한 재씩 먹었다고 했고, 동기 중 한 명이 한의원을 소개해주었다. 남편에게 산후 보약을 한 재 먹고 싶다고 하자, 흔쾌히 동의했고, 바로 그 주 일요일에 은호를 남편에게 맡기고 지하철을 탔다.

한의원은 강남에 있었고, 오래되어 보이는 양복점과 이발소 맞은편이었다. 안으로 들어가자 고급 호텔 로비처럼 화려한 샹들리에와 벨벳 소파가 놓여 있었다. 나는 접수를 하고, 소파에 앉았다. 내 옆에서 모녀로 보이는 두 여자가 잡지를 보며 소곤거리고 있었고, 로비 안쪽 구석에서 모자를 쓴 남자가 유모차에 기대어 서 있었다.

잠시 뒤 진찰실 문이 열리고, 턱이 각지고 마른 여자가 나와서 유모차로 다가갔다. 간호사가 나를 불러서 안으로 들어갔다. 한의사는 눈이 작고, 코가 길고, 목이 굵고, 몸매가 다부져 보였고, 목소리에 자신감이 넘쳤다. 한약을 지으러 왔다고 말했는데 침대에 눕히고, 목과 어깨를 풀어주었다. 그러더니 뼈가 잘 이어졌다고 했다. 내가 이런저런 힘든 증상들을 말하자 한의사는 더위를 먹은 것 같다고 했다. 내가 혹시 산후풍이 아니냐고 묻자, 방금 진료실에서 나간 여자가 산후풍인데, 그분은 산후풍이 심해서 걱정이라고 대답했다.

한의사는 수유 중이니 녹용이 들어간 한약을 먹어 보라고 했고, 수유에 도움이 되는 한약으로 지어주겠다고 했다. 한약은 한의원에 다녀온 지 이틀 만에 도착했다. 보통 먹던 한약보다 좀 가벼운 느낌이었는데, 며칠 한약을 먹으니 한결 몸이 가뿐하고, 기침이 잦아들고, 가슴에 모유가 고이는 것 같았다. 몸이 좋아지고, 모유가 잘 나오니 근심이 사라지는 듯했고, 그건 마음 편히 책을 읽을 수 있게 되었다는 의미였다.

홍희정 소설가의 『시간 있으면 나 좀 좋아해줘』는 사랑스러운 이야기였다. 거기에는 율이와 이레와 이레의 할머니와 남사장이 있고, 그들은 섬세한 이야기와 다정한 문체로 엮여 있었다. 당근케이크처럼 따스하고 부드러운 이야기여서 육아에 지친 나에게 딱 맞았다.

율이가 본격적으로 개미슈퍼를 지킨 지도 벌써 너 달이 넘어가고 있었다. 미시적인 이름과는 달리 개미슈퍼에는 먹을 것도 충분했고 유선방송이 나오는 텔레비전도 있었으며, 한 사람 정도는 누울 수 있는 작은 평상까지 놓여 있었다. 처음에는 율이의 어머니가 급한 볼일이 있을 때 잠시 슈퍼를 지키는 수준이었지만, 넉 달 전부터 율이는 아예 이십사 시간 내내 슈퍼에서 지내게 되었다. 율이의 어머니는 대형마트 입점을 반대하는 모임의 임원을 맡으면서 슈퍼에 신경 쓸 겨를이 없는 듯했다.

나는 다시 책을 펼치고 프란츠 카프카의 세계로 빠져들었다. 율이는 나에게 카프카의 책을 권하며 이렇게 말했었다.

- 지독히 재미가 없거든.

이왕 읽을 거라면 좀 재미있는 게 낫지 않겠느냐는 나의 말에 율이는 단호하게 대답했다.

- 재미있는 것, 그런 것들이 문제야. 세상을 망치는 원흉이라고.

매사에 필요 이상 진지한 것은 율이 특유의 성격 중 하나였다. 어쩌면 책을 너무 많이 읽어서 비롯된 태도인지도 몰랐다. 여하튼 별달리 할 일도 없던 나는 율이가 내미는 두꺼운 책을 순순히 받아 들었다. 율이의 말처럼 카프카의 책은 평소 내가 즐겨 보던, 박진감 넘치는 일일드라마와는 사뭇 달랐다. 뭐랄까, 글 곳곳에서 드러나는 난감함이 카프카의 화두인 것 같았다. 단지 배가 고파서 엄마, 맘마, 하고 따라했을 뿐인데 정신을 차려 보니 쓸데없이 언어라는 것을 배워버렸다는 어린아이의 난감함.

입속을 들여다보더니 설소대

한 가지 일은 다른 일을 불러온다.

우리는 일단 신발을 벗고 나란히 앉아 해를 쬐었다. 은색 돗자리는 초여름 햇살을 눈부시게 반사했고 와인과 치즈, 샌드위치가 든 바구니가 곁에 놓여 있었다. 빽빽하게 초록 나뭇잎이 달린 가지들이 바람이 불 때마다 춤을 추는 듯 햇빛에 반짝였다. 어디선가 높은 톤으로 우는 새소리가 들려왔다. 그것은 누군가를 부르는 모스 신호처럼 일정한 리듬을 가지고 있었다. 그 리듬에 맞춰 율이의 길쭉한 발가락이 허공에서 꼬물거렸다. 율이는 발가락까지 기분이 좋은 듯했다. 율이 여자 친구의 긴 머리카락이 가끔씩 불어오는 바람에 흩날렸다.

호수 공원에서 점심을 먹자는 의견은 율이 여자 친구가 제안한 것이었다. 그녀는 야외에서 하는 모든 활동을 좋아한다고 했다. 율이처럼 기다란 그녀의 몸뚱이가 나를 주눅 들게 했다.
그녀는 나의 마음을 아는지 모르는지 나에게 무척이나 친절
했다. 율이는 여자 친구에게 나를 가장 친한 친구, 소울 메이트
라고 소개한 모양이었다. 마치 남자 친구의 누나나 동생을 만
난 것처럼 그녀는 나에게 살갑게 굴었다.

그녀의 까맣고 동그란 눈, 장신구처럼 조그만 코와 입이 오밀
조밀한 빛을 뿜어냈다. 묘하게 만화 같은 얼굴이었다. 일부러
그런 건지 바람 때문인지 만날 때부터 마구 흐트러진 앞머리
가 어딘지 모르게 히피 같은 느낌도 주었다. 화장을 하지 않았
는데도 볼이 옅은 핑크빛을 띠었다. 전형적인 미인이라고는
볼 수 없지만 나름의 매력이 있었다.

홍희정, 『시간 있으면 나 좀 좋아해줘』에서

이레는 율이를 사랑하지만, 율이와 멀어질까봐 두려워서 고백
하지 못하고, 결국에는 율이의 여자 친구와 함께, 셋이서 식사를 한
다. 그것이 율이가 원하는 일이기 때문이다. 이레는 율이가 좋아하
는 일을 하고, '들어주는 사람' 아르바이트를 하고, 율이 어머니가
하는 개미슈퍼 일을 돕는다. 작은 일들이 큰 삶을 채워나가고, 일상
은 언제나 그런 식으로 엮여 나간다.

모유가 잘 나오니 더는 힘들 일은 없을 거라고, 이제 은호가 양껏 마시는 일만 남았다고 나는 생각했지만, 무언가 이상했다. 인터넷에 있는 엄마들의 글을 보면, 가슴이 모유로 채워져 있을 때 아기가 마시면 시원하고 찌릿한 느낌이 든다고 하는데, 나에게는 그런 느낌이 없고, 은호가 마셔도 시원하지 않았다. 가슴에 젖이 그냥 채워져 있는 것 같고 답답했다.

왜 그럴까. 모유를 먹이며 유심히 들여다보니 은호가 혀를 차며 내는 참참참 소리가 들렸다. 혹시나 해서 인터넷을 뒤져보니 설소대 단축증이라는 말이 나타났다. 설소대는 혀를 들면 보이는 가느다란 끈처럼 생긴 것으로 혀와 입안을 연결하는 띠 모양 주름이었다. 설소대가 혀의 중간이나 그 아래가 아니라 혀끝까지 연결되어 있으면 아기가 모유를 제대로 먹기 힘들었다. 모유를 먹을 때에는 혀가 유륜을 감싸고 움직이는데, 설소대가 길면 혀를 원하는 대로 움직이기 힘들었다.

모유를 먹는데도 문제가 되고, 나중에 말을 배울 때 발음에 문제가 생길 수도 있는 모양이었다. 대개 성인이 되면 나아진다고 하는데, 나는 어릴 때의 어눌한 발음이 트라우마로 남을지도 모른다고 생각했다.

마침 집 근처에 설소대 수술을 잘하는 병원이 있었다. 혼자 갈 엄두가 나지 않아서 친정어머니에게 연락했다. 토요일이었는데, 오후에 사촌 여동생 결혼식이 있었다. 어머니는 정장을 입고 와서 은호를 이불에 감싸 안고 앞장섰다. 집 밖은 환했고, 나는 대낮에 동굴에서 끌려나온 박쥐처럼 인상을 썼다. 바람이 따스한데, 목덜미가 서늘한 것 같아서 셔츠의 깃을 세웠다.

병원에 대기 환자가 없어서 곧장 진료를 보았다. 의사는 은호의 설소대 길이가 애매하다고 했다. 수유할 때 불편할 수 있지만, 발음이 나빠질 정도는 아니라는 거였다. 의사는 나에게 어떻게 할 거냐고 물었고, 예상치 못한 질문 앞에서 나는 당황했다. 그냥 이대로 돌아가서 은호가 모유를 먹을 때마다 내는 찹찹찹 소리를 들어야 하는지, 그렇게 먹으면 공기를 먹어서 좋지 않다는데, 양껏 마시지 못해도 건강하게 잘 자라줄는지, 하지 않아도 되는 수술이라면 안 하는 게 좋지 않을는지.

의사는 망설이는 나에게 수술하자고 말했고, 순간적으로 나는 고개를 끄덕였다. 의사는 머리에 쓰고 있던 띠에서 동그란 렌즈를 내려 눈에 대고 은호 입속을 들여다보더니 설소대를 톡 잘랐다. 5초도 걸리지 않았다. 수술인지 모를 정도로 빠르게 끝났다. 생후 100일 전에는 설소대에 신경이 연결되어 있지 않아서 아무런 처치

없이 수술할 수 있지만, 신경이 연결된 뒤라면 전신마취까지 해야 하는 대수술이었다.

수술이라고도 할 수 없이 간단했는데, 끝나자마자 은호가 울었다. 얇은 막이지만, 생살을 잘랐으니 느낌이 좋을 리 없었다. 은호는 악을 쓰며 울었고, 입에 물린 거즈가 붉게 물들었고, 나는 꼼짝할 수 없었다. 심장이 쿵쿵 울렸다. 친정어머니가 달래도 소용없었다. 잠시 상황을 지켜보던 의사가 친정어머니에게 은호를 달라고 하더니 진료실 안쪽에 따로 마련된 방으로 들어갔다. 잠시 뒤 의사가 울음을 멈춘 은호를 데리고 나왔다.

집으로 돌아가는 택시 안에서 친정어머니는 그때 의사에게 은호를 맡긴 게 영 찜찜하다고 말했다. 앞으로는 그런 상황에서 정신을 똑바로 차려서 은호를 지켜야 한다고 몇 번이나 말했다. 맞는 말이지만, 다시는 그러한 상황에 처하고 싶지 않았다. 끔찍한 시간이고, 반복하고 싶지 않은 경험이었다.

친정어머니는 은호를 방에 눕혀놓고, 사촌 여동생 결혼식에 갔다. 나도 참석하고 싶지만, 갈 만한 형편이 못 되었다. 울다 지친 은호는 잠이 들었고, 나는 은호 옆에 누웠다. 친정어머니가 핏덩어리 거즈를 빼주고 갔다. 의사는 금방 아물 거라고 했다. 두어 시간 뒤에는 수유도 할 수 있었다. 두고 봐야 알겠지만, 모든 게 잘 끝난 것 같았다. 그런데 떨림이 멈추지 않았다. 심장이 너무 빨리 뛰어서 심호흡을 하며, 은호의 숨소리에 귀를 기울였다. 은호는 규칙적으로 숨을 쉬고 있었다. 깊고 고른 숨소리였다. 아무런 의심 없이 용감하게 잠을 가로질러 꿋꿋하게 나아가고 있었다.

기저귀에 대해 가지고 있던 생각

출산 전에 내가 기저귀에 대해 가지고 있던 생각은 단순했다. 기저귀를 가는 건 반복적인 일이니 지루하겠지. 똥과 오줌을 보는 게 기분 좋지 않은 일일 거라는 생각보다 그 반복이 더 싫었고, 그런 나의 예상은 어느 정도 맞아떨어졌다. 기저귀를 가는 건 그야말로 반복이고, 그것도 그리 깨끗하지 못한 반복이었다. 나는 매일 예닐곱 번씩 기저귀를 갈면서 시지포스가 돌을 굴려 산을 오르는 것과 사무엘 베케트의 희곡 『고도를 기다리며』에서 오지 않는 고도를 기다리며 무료한 행동으로 시간을 보내는 에스트라공과 블라디미르의 이미지를 떠올렸다.

『고도를 기다리며』는 줄거리가 거의 없다시피 했다. 에스트라공과 블라디미르는 고도를 기다렸고, 그들이 왜 고도를 기다리는지, 고도가 누구인지는 제시되지 않는다. 중간에 포조와 럭키와 소년이 등장하지만, 그들의 정체는 모호하고, 에스트라공과 블라디미르는 그저 고도를 기다린다.

고도를 기다리면서 에스트라공과 블라디미르는 당근을 줍거나 모자를 서로 바꿔 쓰거나 때로 목을 맬까 궁리하고, 그들의 무료한 행동만큼이나 기저귀를 가는 건 지루했다. 하지만 『고도를 기다리며』의 에스트라공과 블라디미르와 달리 기저귀를 가는 엄마들은 언젠가, 아기가 기저귀를 뗄 날이 온다는 것을 알고 있고, 그것이 작은 위안이 되지만, 그래도 2년이 넘는 기간 동안 기저귀를 가는 건 고단한 일이다.

게다가 아기가 기저귀를 하고 지내면 여러 가지 문제가 더해진다. 아기에 따라 다르겠지만, 기저귀로 인한 발진이 일어나는 경우가 있다. 신생아 때 기저귀를 하루에 열 장도 넘게 갈 때는 덜했는데, 배변 횟수가 줄어들자 엉덩이가 붉게 부어올랐다. 나는 애초에 기저귀를 비싼 것으로 살 이유가 없다고 생각해서 가장 저렴한 제품으로 골랐는데, 엉덩이가 빨간 빵처럼 되는 것을 보고, 곧바로 통기성이 좋은 기저귀를 검색했다. 그리고 새 기저귀를 채우자 발진이 가라앉았다.

*기저귀 발진과 항문 주변 발진은 별개였다. 나는 은호가 변을 보면 물티슈로 닦고 기저귀를 새로 채웠다. 아침마다 목욕을 시키니 그렇게 해도 괜찮을 것 같았다. 그런데 어느 날 보니, 항문 주위

가 불그스름했다. 동네 소아과에 갔더니 다 그러면서 크는 거라며 내버려두라고 했다. 그냥 두자 다음 날 피부가 헐어서 벗겨지기 시작했다. 이 상태에서 변이나 오줌이 닿으면 쓰라릴 것 같아서 다른 소아과에 갔다. 거기서는 이렇게 될 때까지 뭐 하고 있었느냐며 연고를 처방해주었다.

연고를 두어 번 바르니 발진이 가라앉았고, 그때부터 나는 은호가 변을 보면 화장실에 안고 가서 물로 닦아주었다. 은호는 장이 약하고, 모유 수유를 해서 하루에 3~5번씩 변을 보고, 나는 기저귀를 뗄 때까지 은호를 안고 화장실을 들락거려야 했다. 처음에는 엉덩이 사이에 손을 넣는 게 어색하고, 미끄덩거리는 느낌이 영 이상했지만, 발진만 생기지 않는다면 못할 이유가 없었다.

그렇지만 하루에 서너 번씩 물로 엉덩이를 열심히 씻겨도 여름에 돋는 땀띠를 막을 수는 없었다. 주변에 나이 많은 분들은 기저귀를 풀어두라는데, 나는 뒤에 벌어질 일들을 감당할 자신이 없었다. 이불, 소파, 방의 구석에 은호가 변이나 오줌을 보고 뒹구는 모습은 상상만으로도 끔찍했다. 그래서 기저귀를 채우기 전에 사타구니에 부채질을 해주기 시작했다. 조금이라도 자연 건조 시켜주려는 것이었다. 은호는 매일 열 번 가량 변이나 오줌을 보았고, 그때마다 부채질을 했고, 그러고 앉아 있다 보면 이게 뭐 하는 짓인가 싶었다.

시간이 지날수록 그 시간은 대결의 양상을 띠었다. 부채질을 하다 보면 종종 고추에서 분수처럼 오줌이 솟구치곤 했던 것이다. 나는 부채질을 하며 은호의 고추를 노려보았다. 오줌을 막기 위해 미리 휴지를 접어서 준비해두어도 방어는 어려웠다. 성공하면 괜찮지만, 실패하면 오줌이 얼굴이나 옷에 튀어서 갈아입어야 했다.

언젠가 한번은 부채질 중에 전화가 와서 휴대전화를 가지러 거실로 나간 적이 있었다. 잠시 뒤 휴대전화를 뺨과 어깨에 끼고 돌아와 보니 은호의 얼굴이 젖어서 번들거렸다. 은호는 오줌을 뒤집어쓴 채 해맑게 웃고 있었다. 순간 헛웃음이 나와서 미소를 지었더니, 그런 나를 보고 은호는 더 크게 웃었다.

*기저귀 발진

아기 피부는 어른에 비해 약해서 세균에 감염되기 쉽고, 소변과 대변에 의해 무르기 쉽다. 피부가 손상되면 칸디다곰팡이가 잘 자라고, 이러한 2차 염으로 인해 발진이 악화된다.

발진을 예방하려면 기저귀가 젖자마자 갈아주어야 한다. 대소변을 보면 물로 엉덩이를 깨끗이 씻기고, 물기가 남지 않도록 한다.

*기저귀 발진에 사용하는 연고

1. 보소미 크림 : 주성분은 산화아연이다. 산화아연은수렴, 방부, 흡수, 보호 작용을 한다. 몇 시간 간격으로 두껍게 발라준다.

2. 비판텐 연고 : 비타민 B5 전구체로 피부 재생과 염증 방어, 윤활 등의 작용을 한다. 기저귀 발진이나 아토피, 유두균열, 습진, 건선 등에 사용한다.

3. 카네스텐 크림 : 항진균제의 일종. 환부가 벗겨지거나 종기가 나면, 일반적으로 칸디다균에 감염된 것으로 본다.

4. 리도멕스 : 대표적인 스테로이드 연고. 기저귀 발진이 심한 경우 사용하고 가라앉으면 사용을 중지한다.

그밖에 아기들에게 자주 처방되는 스테로이드 연고로는 하이드로코티손 1%, 2.5% (락티케어, 더마케어, 등), 혹은 프레드니솔론 연고가 있다. 연고를 바르고 나서 위에 파우더를 덧바르면 뭉쳐서 땀구멍이 막힌다. 발진이 악화되는 원인이 될 수 있으므로 주의한다.

나란 아이

*

제3부

집안일에 손대지 않고 무조건 컴퓨터

아기에게는 빠는 본능이 있고, 흔히 쪽쪽이라고 불리는 공갈 젖꼭지는 그걸 만족시켜 준다. 아기가 울거나 보채거나 소리를 지를 때 쪽쪽이를 물리면 순식간에 조용해지고, 평화가 찾아온다.

쪽쪽이를 발명한 사람은 미국의 약사 크리스천 마이네케Christian W. Meinecke로 알려져 있다. 그는 1899년에 고무로 만든 젖꼭지로 특허를 신청했고, 1901년부터 특허가 발효되었다. 이전에는 물이나 꿀을 묻힌 헝겊, 나무, 돌, 뼈, 산호 등으로 만든 막대를 입에 물려서 아기를 달랬다.

최근에 나오는 쪽쪽이는 빨기 좋게 만들어진 젖꼭지 모양 고무와 입안으로 딸려 들어가는 것을 막아주는 플라스틱 원반, 그리고 뚜껑으로 되어 있다. 아기가 입에 물면 정면에서 보이는 원반 부분에 귀여운 메시지나 그림이 그려진 것들이 인기를 끌고 있다. I Love Papa, I Love Mama 같은 문구나 콧수염, 딸기, 자동차 등의 그림이 그려진 것을 물고 있는 아기를 보면 절로 미소가 지어진다.

나는 낮잠을 재울 때 주로 쪽쪽이를 이용했다. 수유하며 재우면 치아에 좋지 않다기에 쪽쪽이를 물려서 재웠다. 그렇게 몇 달 재우자 은호도 쪽쪽이를 물면 자야 한다는 걸 알게 되었고, 나는 은호가 잠들면 쪽쪽이를 입에서 빼내어 팔팔 끓는 물에 열탕 소독하고 말렸다.

그리고 소설을 썼다. 은호의 낮잠 시간에는 집안일에 손대지 않고 무조건 컴퓨터 앞에 앉았다. 그게 내가 버티는 방식이고, 그렇게 하지 않았다면 아마 걷잡을 수 없이 우울해졌을 것이다. 나는 은호와 함께 하는 시간을 즐기기로 작정했지만(내 생애에 다시 오지 않을 시간이므로) 어느 순간에 갑자기 우울해지는 것을 막을 수 없었다. 은호와 단둘이 집에 있다 보면 혼자 섬에 고립된 것 같고, 내가 아무것도 아닌 것처럼 느껴지고, 낙오자가 된 것 같았다. 소설을 쓰는 일은 내가 나를 괜찮은 사람으로 여기도록 만들어주었다.

도현은 약속시간에 정확히 맞춰 나의 자취방 앞으로 왔다. 나는 파인애플 상자를 들고 계단을 내려갔다. 도현은 아직 커지지 않은 가로등 아래 서 있었다. 아까 내린 눈 때문에 모든 게 촉촉하게 젖어 있었다. 바람이 맑고 시원했다. 어린 시절 시골에서 맡았던 봄 안개 냄새가 났다.

- 눈이 다 녹았네. 아쉽다.

안부 인사가 오간 뒤 내가 말했다. 도현은 나에게 작은 상자를, 나는 도현에게 파인애플 상자를 건넨 다음이었다.

- 첫눈도 아닌데 뭘. 어서 열어 봐.

도현이 준 상자 안에는 도자기로 된 고양이 인형이 들어 있었다. 일식집에 가면 흔히 볼 수 있는 것이었다.

- 행운을 부르는 고양이래. 마네키네코라고 불러. 마네키네코는 손을 들고 있는데, 오른손을 들고 있는 것은 돈을 부르는 것이고, 왼손을 들고 있는 것은 사랑을 부르는 거래. 그 고양이는 왼손을 들고 있어. 너를 부른다고 생각하고 샀어. 너는 내가 마네키네코를 준 첫 여자야.

나는 고양이 상자를 도현이 들고 있는 파인애플 상자에 넣었다. 도현의 얼굴이 굳어졌다. 내가 말했다.

- 헤어져.

그의 얼굴이 붉게 달아올랐다. 그리고 내 귀에 이명처럼 뭔가 깨지는 소리가 들렸다. 눈을 뜨는 매끈하던 도현의 미간이 일

그려져 있었다. 묘한 일치였다. 그러나 얼굴이 일그러진다고
소리가 날 리 없었다. 나는 그 소리가 어딘가 멀리서 꽃망울이
터지는 소리일지도 모른다고 생각했다. 혹은, 가지를 뚫고 잎
이 올라오는 소리일지도. 혹은, 땅에서 씨앗이 움트는 소리일
지도 모른다고.

김연희, 「너의 봄은 맛있니」에서

그때 나는 「너의 봄은 맛있니」를 수정하고 있었고, 그 단편소
설은 몇 달 뒤에 차세대 예술인력 육성 문학 분야에 선정되어 <문
장 웹진>에 실렸다. 나는 요즘도 가끔 <문장 웹진>에 들어가서 내
소설을 찾아보곤 하는데, 은호를 재우고 숨죽여가며 썼던 소설을
읽으면 그때의 기억이 되살아나곤 했다.

쪽쪽이를 떼는 시기에 대해서는 의견이 분분했다. 태어난 지
6개월이 되면 빠는 반사가 줄어드니 그때가 적당하다는 의견부터
돌 무렵, 혹은 세 돌까지 괜찮다는 의견까지. 쪽쪽이를 빨리 떼어야
한다고 주장하는 쪽은 쪽쪽이를 입에 물고 잠들면 중이염이 생기
거나 치열이 고르지 못할 수 있다고 하고, 길게 물어도 괜찮다고 하
는 쪽은 정서적 안정감을 이유로 들었다.

두 가지 중 뭐가 나은지 몰라서 망설이는 중에 은호의 치아가
돋았다. 아랫니만 있을 때는 괜찮았는데, 윗니까지 돋아나니 쪽쪽
이를 잘근잘근 씹어서 고무 부분이 떨어졌다. 씹지 말라고 말려도
소용없었다. 한두 번은 새로 샀지만, 계속 그럴 수는 없어서 어느 오
후에 찢어진 쪽쪽이를 들고 낮잠을 재우러 방으로 들어가서 은호
옆에 누워 "은호가 물어서 쪽쪽이가 이렇게 되었네. 어떻게 하지?"
하고 물었고, 은호는 찢어진 쪽쪽이를 입에 물고 몇 번 빨더니 뱉어
내고 이불 위를 뒹굴다가 잠들었다.

다행히 그 뒤로 쪽쪽이 없이 잘 잤고, 성공적으로 뗀 것 같아서
기뻤지만, 대신 손가락을 빨기 시작했다. 어디에선가 젖을 빨리 떼
면 손가락을 빤다는 내용의 글을 읽은 적이 있었다. 은호는 쪽쪽이
를 10개월 무렵에 떼고, 모유를 11개월에 뗐다. 비슷한 시기에 두 가
지 상실을 경험한 탓일까. 손가락을 빠는 은호를 볼 때마다 안쓰럽
고 미안했다.

베이비 위스퍼

소설가가 되기 전에는 소설책을 주로 읽었는데, 소설가가 되고 나서는 인문학 책에 손이 갔다. 은호가 태어난 뒤에는 육아 관련 책과 부모 역할에 대한 책, 그리고 대화법에 대한 책을 두루 살펴보았다. 그중에서 『베이비 위스퍼』라는 책은 은호 신생아 시절에 큰 도움이 되었다.

『베이비 위스퍼』에는 아이의 월령별 수면 시간과 시간표가 있었다. 그전에는 은호가 졸려 하면 재우고, 배고픈 것 같으면 먹이고, 놀면 그냥 두는 게 일과였다. 책에서는 아기가 어릴 때는 두 시간 반에서 세 시간 주기로 하루를 나누어서 자고, 먹고, 놀고를 반복하라고 했다. 아기가 자라면서 주기가 점점 길어지고, 돌 무렵에는 오전과 오후에 낮잠을 한 번씩 자고, 두 돌이 넘으면 하루에 한 번 오후에만 낮잠을 잤다.

그렇게 하니 우선 내가 좋았다. 은호의 일과가 정해져 있다는 건 내가 나의 하루를 계획할 수 있다는 의미였다. 그리고 은호도 아마 그럴 것이었다. 잠에서 깨면 먹고, 먹고 나서 놀다가 다시 자게 될 거라는 사실을 안다면 이 낯선 세상이 조금 덜 두렵게 느껴지지 않을까.

책에는 아기 재우는 법도 나와 있었다. 간단한 방법이었다. 트림시키듯 세워서 안고 등을 두드려주는 것. 그 자세로 있다가 아기가 잠든 다음 내려놓으면 되었다. 만일 내려놓았는데 울면 다시 같은 자세로 안아서 재워야 했다. 그게 핵심이었다. 아기가 운다고 다른 방법을 동원하면 안 되었다. 예컨대, 일어나서 흔들고, 방 안을 돌아다니고, 유모차에 태워서 산책하러 나가고, 자동차에 태워서 드라이브하면 안 되었다.

아마도 기대치를 높이지 말라는 의미인 듯했다. 잠은 매일 자는데, 기대치가 높아지면 서로 피곤해질 게 뻔했다. 만약 아기가 유모차에서 자는 걸 좋아하거나 드라이브를 하면서 자는 데 익숙해지면 나의 컨디션이나 날씨나 그 밖의 여러 가지 상황으로 아기가 원하는 걸 해주지 못할 경우 더 큰 상실감을 느낄 수 있었다.

마지막으로 『베이비 위스퍼』에는 수면 의식에 대해서도 나와 있었다. 수면 의식은 밤에 잠자리에 들기 전에 하는 일련의 행동이었다. 잠들기 전에 수면 의식을 하면 아기가 미리 마음의 준비를 할 수 있어서 좋았다.

　나와 은호의 수면 의식은 먼저 방에 들어가서 불을 끄고, 수면 등을 켜고, 『사랑해, 사랑해, 사랑해』라는 책을 읽어주는 것이었다. 책을 읽으면서 내용에 나오는 대로 몸 구석구석을 쓰다듬어주면 은호는 까르르 웃으며 좋아했다. 그다음에는 자장가를 불러주었 다. 총 세 곡의 자장가를 불렀고, 은호가 웬만큼 말을 하게 된 뒤에 는 자장가가 끝난 뒤에 그날 있었던 일을 도란도란 속삭였다. 그러 다 보면 어느새 은호가 내 머리카락을 손에 쥔 채 고른 숨소리를 내 고 있었다.

태어난 이래 가장 역동적인 동작

때때로 새벽 네 시경 수유하고 나서 다시 잠들지 못하는 경우가 있었다. 그런 때는 소설을 쓰거나 책을 읽었다. 책을 읽다 보면 잠이 오기도 하고, 여섯 시까지 깨어 있다가 씻고 아침 식사를 준비하는 경우도 있었다. 7월 말경의 어느 날에는 새벽에 수유를 하고 거실로 나가서 창문을 열었는데, 집 안과 밖의 공기가 팽팽해서 아무런 이동이 없고, 더웠다. 나는 창문을 닫고, 에어컨을 틀었다. 소설을 쓰려고 컴퓨터에 전원을 넣은 다음에 작고 두툼한 책을 잡았다. 며칠 전부터 푹 빠져서 보던 『화이트 노이즈』.

"파장과 방사지요." 그가 말했다. "텔레비전 매체가 미국 가정의 원동력임을 이해하게 되었어요. 밀폐되고, 시간을 초월하고, 자기 완결적이고, 자기지시적인 매체지요. 그건 마치 바로 우리 집 거실에서 탄생하고 있는 하나의 신화 같고, 꿈결 같고 전의식前意識적인 방식으로 우리가 알고 있는 무엇 같기도 해요. 잭, 난 거기 푹 빠져 있어요."

그는 여전히 은밀하게 미소 지으며 나를 쳐다보았다.

"텔레비전 보는 법을 배우셔야 할 겁니다. 그 정보에 자신을 개방해야 한다는 것이죠. 텔레비전은 엄청난 양의 심리적 정보를 제공합니다. 세계탄생에 관한 고대의 기억을 열어주고, 환상을 형성하는 직직대는 작은 점들의 그물망인 그리드 속으로 우리를 맞이해주지요. 거기엔 빛이 있고 소리가 있어요. 난 학생들에게 묻습니다. '이 이상 뭘 더 원하나?'라고요. 그리드 속에 숨겨진 풍부한 자료를 보세요. 한 꾸러미의 화려한 포장 속에, 경쾌한 광고노래에, 삶의 단면을 보여주는 광고에, 어둠 속에서 분출하는 상품들에, 낭독 같고 독송 같은 기호화된 메씨지와 끊임없는 반복 속에 숨겨진 것들을 보세요. '그건 바로 콜라, 콜라, 콜라야'처럼 말이죠. 우리가 순수하게 반응할 줄 알고 우리의 신경질, 피로, 염증을 넘어설 줄만 안다면 이 매체는 사실상 신성한 공식들로 넘쳐나고 있어요."

이 부분을 읽으며, 텔레비전을 다시 들여놓아야 하나 심각하게 고민하다가 은호가 보고 싶어져서 방문을 열었다. 그런데 끙끙 소리가 났다. 새벽 다섯 시도 안 된 시간이었다. 안방 커튼을 통과한 희미하고 부드러운 햇살이 엎드려서 목에 힘을 주고 버티고 있는 은호의 등으로 쏟아졌다. 태어나서 처음으로 배가 방바닥에 닿고, 등이 천장으로 향하고 있었다. 은호는 양 주먹을 단단하게 말아 쥐고서 버텼고, 금방이라도 이마가 바닥으로 떨어져 콩 박을 것 같았다.

잠시 뒤 작은 방에서 알람이 울리고, 남편이 나왔다. 키가 큰 남편이 내 머리 위로 방 안을 들여다보았다. 나는 은호가 안쓰럽지만, 이런 상황에서 어떻게 해야 하는지 몰라서 그냥 서 있었고, 남편이 방에 들어가더니 은호를 도로 뒤집었다. 천장을 향해 누운 은호는 어리둥절한 표정이었다.

나와 남편은 숨죽인 채 지켜보았다. 은호는 멍하니 있다가 곧 자기가 해야 할 일을 생각해내고는 허리를 비틀어 한쪽 다리를 들고 무게 중심을 옮겨서 뒤집기에 성공했다. 은호와 나는 지난 6개월 동안 단 한순간도 떨어진 적이 없고, 나는 은호가 이와 비슷한 동작을 하는 걸 본 적이 없었다. 은호는 연습하지 않고도 자연스럽게 뒤집기를 해냈다. 태어난 이래 가장 역동적인 동작이었다. 하지만 나는 도저히 이해할 수 없었다. 어떻게 연습도 안 하고 저런 동작을 할 수 있을까? 이런 게 유전일까? DNA이중 난선에 이 모든 게 다 들어

가 있는 것일까? 의문이 머릿속에서 여러 갈래로 갈라지는데, 남편
이 씻으러 화장실로 가며 한마디 던졌다.

　　"이제 고생 시작이구나."

맛의 세계

　　분유 수유하는 아기는 4개월부터, 모유 수유하는 아기는 6개월부터 이유식을 시작하는 게 일반적이다. 수유에 적응하고 나니, 이유식이 코앞이었다. 나는 결혼한 지 10년이 다 되어가도록 죽 한 번 쑤어 본 적 없었다.

　　그런데 다이앤 애커먼의 『감각의 박물학』은 나에게 더 큰 부담을 주었다. 책은 인간의 다섯 가지 감각을 다루고 있는데, 그중 미각의 도입부에서 저자는 이 세상에 존재하는 모든 인간이 처음 맛보는 것은 엄마의 젖이라고 선언했다. 아기는 엄마의 젖으로 처음 혀를 적시고, 엄마는 음식을 먹여준다. 옛날에는 엄마가 음식을 입으로 씹어서 아기에게 먹여주기도 했고, 아기는 엄마가 주는 음식으로 이 세상의 맛을 알아간다. 아기와 엄마는 음식으로 이어진 관계라는 지적이 인상적이었다.

또한, 저자는 음식을 먹는 것이 인간을 살게 하는 중요한 요소라고 말하고 있다. 그것은 무의식적으로 이루어지는 호흡과 달리 능동적인 행위이므로 유혹적이어야 한다는 거였다. 음식은 우리를 아침에 일어나서 옷을 걸치고 직장에 나가게 하는 중요한 이유 중 하나이고, 우리는 소위 말하는 '밥값'을 하기 위해 주어진 시간의 많은 부분을 일하는 것으로 소모한다. 그러므로 음식은 우리를 따뜻한 이불 밖으로 끌어낼 만큼 맛이 있어야 한다는 주장이었다.

저자의 말은 틀린 게 하나도 없고, 나는 우리가 그렇게 맛집에 열광하는 이유를 어렴풋이 알 것 같기도 했다. 그리고 은호에게 맛의 세계를 열어주어야 한다는 생각에 어깨가 무거워졌다. 고민하다가 이유식에 관한 책을 두 권 샀다.

이유식은 모유나 분유에서 밥으로 넘어가는 과도기에 먹는 음식이다. 두 권의 책은 이유식을 초기, 중기, 후기, 완료기로 구분했다. 초기는 4~6개월, 중기는 6~8개월, 후기는 8~12개월, 완료기는 12개월 이상. 시기마다 이유식의 형태가 달랐다. 초기는 미음, 중기는 무른 죽, 후기는 죽, 완료기는 진밥. 각 기간에 따라 조리법이 비슷하고, 뒤로 갈수록 이유식에 들어가는 재료가 다양해졌다.

나는 이유식을 만들기 위해 도마와 소형 믹서기와 작은 절구와 터보차퍼와 체를 샀다. 두 책 모두 이유식을 만들기 위해 필요한 주방 용품을 설명하는데, 보고 필요한 것이 있으면 구매하면 되었다. 나의 경우에는 도마가 오래되어 바꿔야 했고, 믹서기는 가지고 있는 게 대용량이어서 작은 거로 샀고, 절구는 전에 사용하던 것에서 마늘 냄새가 많이 났고, 터보차퍼는 남편 추천 아이템으로 채소 다지는 기계였고, 체는 소고기를 삶아서 내릴 때 필요했다. 그중에서 터보차퍼는 이유식이 끝난 다음에도 유용했는데, 손바닥만 한 플라스틱 원형 통 안에 세 개의 칼날이 달린 막대가 있어서 채소를 다져주었다. 볶음밥이나 전을 할 때 편하게 이용할 수 있었다.

이유식에 가장 많이 들어가는 재료는 아무래도 쌀이었다. 시댁이 농사를 지어서 남편과 나는 쌀을 가져다 먹었는데, 이유식용 쌀은 따로 샀다. 이유식할 때마다 매번 쌀을 불려서 초기, 중기, 후기에 맞는 적절한 크기로 믹서기에 갈아서 쓸 자신이 없었다. 인터넷에는 이유식의 각 단계별로 쓸 수 있는 쌀을 파는 사이트가 있었다(완료기에는 밥으로 이유식을 만들어도 되어서 따로 쌀을 살 필요가 없다.). 이유식용 쌀은 대개 유기농이고, 세척이 되어 있어서 편했다.

이유식은 수유를 하고 나서 먹이면 배가 불러서 시큰둥할 수 있으므로 처음에는 수유 전에 먹이는 게 좋았다. 나는 수유하기 전에 끝이 말랑말랑하고 노란 숟가락으로 미음을 떠서 은호의 입에 넣어주었고, 은호는 혀로 숟가락을 밀어냈다. 아기들은 젖을 빠는 것에 익숙해서 숟가락으로 주면 처음에는 제대로 먹지 못했다. 초기에는 먹는 것보다 흘리는 게 많았고, 턱받이를 해도 옷이 엉망이 되었다. 이유식을 한 번 먹일 때마다 옷을 갈아입힐 각오를 해야 했다.

모유 수유를 할 경우 이유식이 늦어져서 철분이 부족할 수 있으므로 나는 쌀미음을 몇 번 먹인 다음 곧바로 소고기 미음으로 넘어갔다. 철분은 피를 만드는데 필요한 성분이고, 아기들은 급격히 성장하므로 제때 공급해주어야 했다. 나는 소고기를 푹 삶아서 잘게 찢고, 절구에 빻은 다음 물을 부어가며 체에 걸렀다. 삶은 고기에서 즙을 짜내는 과정이라 볼 수 있고, 생각보다 시간이 오래 걸렸다. 소고기즙을 쌀미음에 부어 끓이면 소고기 미음이었다.

중기용 쌀은 쌀을 반으로 가른 것처럼 보였다. 거기에 물을 붓고 끓이다가 다진 야채 한두 가지를 넣어 끓이면 중기 이유식이고, 후기 이유식은 후기 쌀을 넣고 끓이다가 터보차퍼로 다진 채소와 닭고기나 소고기나 달걀을 넣어서 만들었다. 시간이 흐르자 요령이 생겨서 이유식을 만들면서 틈틈이 터보차퍼로 채소를 다져서 얼음 얼리는 트레이에 소분하여 냉동했다. 그렇게 해두면 이유식을 만들 때 여러 가지 채소를 하나씩 똑똑 떼어내어 사용할 수 있었다.

후기 이유식이 끝나면, 완료기로 접어들었다. 완료기에는 성인이 먹는 밥과 비슷한 진밥을 먹였다. 그리고 반찬을 곁들였다. 이유식 만드는 데 적응한 나는 반찬을 만드는 게 귀찮게 느껴졌다. 이유식은 쌀에 여러 가지 채소와 갖가지 고기를 한꺼번에 넣고 끓이면 되는데, 완료기부터는 밥과 국과 반찬을 따로 만들어야 했고, 나는 그제야 은호가 스무 살이 될 때까지 밥과 국과 반찬을 만들어주어야 한다는 것을 깨달았다.

빨갛게 하나둘 발진

　　쌀미음과 소고기 미음을 먹인 다음 애호박 미음을 시
도해보기로 했다. 애호박은 알레르기가 적은 것으로 알려져 있고,
마침 냉장고 야채 칸에 있었다. 표면이 살짝 미끈거리지만, 베이킹
소다를 뿌려서 빡빡 씻으니 멀쩡해졌고, 칼로 반을 가르니 노란 속
살이 드러났다.

　　애호박 이유식은 초봄의 나뭇잎처럼 연한 연둣빛이었고, 은호
는 새처럼 잘 받아먹었다. 그런데 먹인 지 두어 시간 지났을까. 낮잠
을 재우려고 하는데, 은호의 얼굴에 모기 물린 것처럼 빨갛게 하나둘
발진이 돋아나기 시작했다. 발진은 목과 가슴으로 번지고 있었다.

　　토요일 오후였다. 나는 신생아 패드를 펼쳐서 그 위에 은호를
눕혔다. 아직 작아서 그냥 아기 띠에 멜 수 없었다. 나는 신생아 패
드로 감싼 은호를 띠에 매고서 선 채로 근처 소아과 몇 군데에 전화

를 걸었다. 정신이 없는 와중에도 토요일 오후 두 시라는 게 떠올라 문을 여는지 확인해본 것인데, 전화를 받는 소아과가 없었다. 눈물이 나려고 했다. 밖으로 나가자 골목에 햇살이 가득하고, 바람이 따스했다. 느릿느릿 걷는 사람들 사이에서 나만 아기 띠를 맨 채 미친 듯이 빠르게 걸었다.

택시는 금방 왔고, 아산 병원 소아 응급실로 향했다. 아산 병원 소아 응급실에 처음 갈 때는 앞으로 몇 번 더 가게 될 거로 생각하지 못했다. 은호는 또래에 비해 키가 크고 몸무게가 많이 나가서 건강한 편인데, 키우면서 고열, 후두염으로 응급실에 갔고, 독감으로 입원한 적이 있고, 장염으로 인한 구토 때문에 구급차에 오르기도 했다.

나는 은호를 낳기 전, 밤에 위경련 때문에 응급실에 간 적이 있었다. 링겔을 팔에 꽂은 채 동네 병원 응급실에 몇 시간 누워 있었는데, 길지 않은 시간 동안에도 고통스러운 신음, 다급한 고함, 피 흘리는 환자들을 여럿 보았다. 그 속에 있는 건 쉬운 일이 아니고, 걱정했는데, 소아 응급실이 따로 있었고, 내부는 아이들의 눈높이에 맞게 꾸며져 있었다. 캐릭터가 그려진 벽지, 애니메이션이 흘러나오는 벽걸이 텔레비전, 톡톡 튀는 색의 열대어가 사는 수족관까지.

접수하고 나니 간호사가 불렀다. 간호사는 무슨 일로 왔는지 물었다. 간단히 사정을 설명하고 나서 꽤 오래 기다린 뒤에야 의사를 만날 수 있었다. 의사는 약을 처방해주었다. 아직 어려서 두드러기 주사는 맞을 수 없었다. 대기실에서 약을 받자마자 먹이고 집으로 돌아왔다.

은호는 돌아오는 길에 아기 띠에서 잠들었고, 집에 도착해서 아기 띠를 풀어도 알지 못했다. 어느새 발진은 가라앉았고, 만약 오늘이 토요일이 아니라면, 동네 소아과에 다녀오고 말았을 것이라는 생각이 들었다. 뒤늦게야 그런 생각이 들었고, 나는 소파에 축 늘어져서 한강 선생님의 『채식주의자』를 잡았다. 며칠 전부터 읽고 있던 책이고, 고단한 하루를 보냈지만, 책의 뒷부분이 궁금했다. 책 속 주인공은 깨달음을 얻은 상태이고, 나는 그녀를 보며 여러 가지 생각을 하고 있었다.

저 여자가 왜 우는지 나는 몰라. 왜 내 얼굴을 삼킬 듯이 들여다보는지도 몰라. 왜 떨리는 손으로 내 손목의 붕대를 쓰다듬는지도 몰라.

손목은 괜찮아. 아무렇지도 않아. 아픈 건 가슴이야. 뭔가가 명치에 걸려 있어. 그게 뭔지 몰라. 언제나 그게 거기 멈춰 있어.
이젠 브래지어를 하지 않아도 덩어리가 느껴져. 아무리 길게
숨을 내쉬어도 가슴이 시원하지 않아.

어떤 고함이, 울부짖음이 겹겹이 뭉쳐서, 거기 박혀 있어. 고기
때문이야. 너무 많은 고기를 먹었어. 그 목숨들이 고스란히 그
자리에 걸려 있는 거야. 틀림없어. 피와 살은 모두 소화돼 몸
구석구석으로 흩어지고, 찌꺼기는 배설됐지만, 목숨들만은
끈질기게 명치에 달라붙어 있는 거야.

한번만, 단 한번만 크게 소리치고 싶어. 캄캄한 창밖으로 달려
나가고 싶어. 그러면 이 덩어리가 몸 밖으로 뛰쳐나갈까. 그럴
수 있을까.

아무도 날 도울 수 없어.

아무도 날 살릴 수 없어.

아무도 날 숨 쉬게 할 수 없어.

기저귀 가느라 하루

　　애호박으로 인한 발진은 반나절 만에 가라앉았지만, 설사가 멈추지 않았다. 발진이 나기 전 배변 횟수는 하루 서너 번이었고, 그것도 적다고 할 수 없는데, 두 배 이상 늘어났다. 똥을 하루에 열 번 가까이 치우면, 그야말로 기저귀 가느라 하루가 다 갔다.

　　은호가 대변을 보면, 나는 기저귀를 갈기 위해 먼저 바닥에 면 기저귀를 깔았다. 은호가 태어나기 전에 베이비 페어에 갔다가 여러모로 쓸모가 있다고 해서 스무 장 샀는데, 열 장씩 나눠서 목욕 수건과 기저귀 갈 때 엉덩이 닦는 용도로 사용했다. 뒤집기를 하기 전에는 면 기저귀 위에 눕혀놓고 여유롭게 움직일 수 있었는데, 뒤집기를 하고 나니 기어서 도망을 갔다. 하는 수 없이 기저귀 갈 때마다 은호의 손에 작은 장난감이나 흥미를 끌 만한 물건을 쥐여주었다. 나는 은호가 장난감에 호기심을 보이는 사이 재빠르게 기저귀를 풀어서 물티슈로 닦고 화장실로 안고 가서 물로 엉덩이를 씻어주었다. 그리고 돌아와서 면 기저귀로 엉덩이의 물기를 제거하고, 새 기저귀를 채웠다.

그렇게 해도 열 번 넘게 설사하자 항문 주위가 벗겨졌다. 피부가 붉어지면서 부풀고 벗겨졌다. 병원에 갔더니 지사제 시럽과 *스테로이드 연고와 비판텐 연고를 처방했다. 지사제는 하루에 세 번 먹이고, 스테로이드는 하루 두 번 바르고, 비판텐은 수시로 두껍게 발라주라고 했다.

지사제 시럽을 먹이니 설사가 한결 줄어들었다. 설사가 줄어들자 살 것 같았다. 나는 은호 낮잠 시간에 시집을 잡았다. 정신이 황폐할 때는 시집이 좋았다.

늘 가까이 두고 보는 박서영 시인의 『좋은 구름』 중에서 한 편.

숨을 곳을 찾았다
검은 필 속에 구멍을 내고 숨은 지렁이처럼
침묵은 아름다워지려고 입술을 다물었을까
분홍 지렁이의 울음을 들은 자들은
키스의 입술을 본 사람들이다
그곳으로 깊이 말려 들어간 사랑은

흰 나무들이 서 있는 숲에서 통증을 앓는다

입술 안에 사랑이 산다

하루에도 열두 번

몸을 뒤집는 붉은 짐승과 함께

박서영, 「은신처」

스테로이드 연고는 한 번 사용했는데, 아침에 바르고 오후가 되니 벗겨진 피부에 새살이 올라서 깨끗해졌다. 비판텐은 연한 노란색의 반들반들하고 끈적거리는 연고인데, 기저귀를 갈 때마다 붉어진 부위에 두껍게 덧칠하듯 발라주니 항문 주위 붉은기가 사라졌다. 설사는 삼사일 뒤에 좋아졌지만, 그 뒤로 감기에 걸리거나 몸이 피곤하면 변 상태가 좋지 않았다.

*스테로이드 연고
스테로이드는 우리 몸의 부신이라는 기관에서 분비하는 물질이다. 부신은 신체 기능을 조절하는 여러 가지 호르몬을 분비하는데, 스테로이드는 염증 치료에 효과가 좋다. 하지만 부신은 스스로 스테로이드의 양을 조절하므로, 인체에 스테로이드가 많으면 분비를 하지 않는다. 약을 오래 복용하다가 끊으면 체내에 스테로이드가 부족해진다. 그게 바로 스테로이드 리바운드 현상이다. 그러한 현상은 먹는 약에서 주로 일어나지만, 장기적으로 스테로이드 연고를 발라도 나타날 수 있다. 스테로이드 리바운드 현상의 주요 증상은 질환의 악화, 문페이스, 상처 치유 지연, 신장 기능 약화 등이다.

제일 무서운 건 열

　돌이켜보면, 은호를 키우며 제일 무서운 건 열이었다. 열은 우리 몸이 병원균을 이겨내는 방식이고, 열이 나면 병원균은 약화되었다. 그런 과정을 알고 있어도 막상 열이 떨어지지 않으면 걱정이 되기 마련이었다. 잘 놀면 괜찮다고 하지만, 아기들의 상태는 시시각각 달라졌고, 자칫 지치고, 탈수가 오고, 심하면 열경련을 일으킬 수도 있었다. 은호는 돌이 될 때까지 감기 같은 잔병치레가 없었는데, 예방주사를 맞고 나서 열이 올랐다. 폐구균, 일본뇌염, 독감 같은 예방접종이 열을 유발하는 주사로 알려져 있었다.

　내가 좋아하는 소설 중 한 권인 아모스 오즈의 『나의 미카엘』의 주인공 한나는 미카엘이라는 지질학자와 결혼해서 가정을 꾸리는데, 그녀는 꿈과 현실 속을 헤매는 인물이다. 그녀는 아홉 살 때 디프테리아에 걸려서 몇 주 동안 침대에 누워서 시간을 보내는데,

고열에 시달리면서 창밖의 풍경을 관찰한다. 창밖에는 언덕과 계곡과 기차가 있고, 기차를 눈으로 쫓다가 어느새 기차에 탄 사령관이 되고, 도피 중인 황제가 되고, 그녀 안에서 낮과 밤은 하나의 세계가 된다. 그녀는 여왕이 되고, 폭도에 잡혀 고문을 당하고, 지지자들이 구출 계획을 세우고, 권력을 되찾으려 노력한다. 한나는 병이 낫고 싶지 않고, 병이 다 나았을 때는 오히려 유배감을 경험한다.

아이는 열이 오르면 이런저런 환상의 세계를 여행할 수 있을지 모르고, 부모의 극진한 보살핌을 받아서 즐거울 수 있지만, 아픈 아이를 바라보는 부모의 마음은 여러 갈래일 수 없었다.

애가 타고, 안쓰러웠다. 나는 은호의 체온에 모든 신경을 집중했다. 저절로 집중이 되었다. 다른 것은 생각할 수 없고, 수시로 체온계를 귓속에 넣어 삐 소리를 들었다. 은호는 폐구균 주사를 맞고 열이 38도까지 치솟았다. 아기의 체온은 대개 36.7~37.5도 사이의 오르내리는데, 은호의 경우에는 36.9도가 평균이었다. 열이 오를 때를 대비해서 평소에 체온을 재두면 얼마나 올랐는지 알 수 있어서 도움이 되었다.

조카 다올도 폐구균 주사를 맞고 열이 났다. 여동생도 밤새 잠을 못 잤고, 조리원 동기 아기 중 한 명만 빼고, 모두 접종하고 열이 났다. 나는 어느 정도 마음의 준비를 하고 있었지만, 막상 열이 오르니 당혹스러웠다.

열이 오르면, 실내복을 벗겨서 속옷 차림으로 만들고, 미지근한 물에 적신 수건으로 목, 등, 사타구니를 닦아주어야 했다. 은호는 물수건으로 닦는 걸 싫어해서 힘들었다. 닦는 느낌이 싫은 것인지, 닦아야 하는 상황이 싫은 것인지 물어도 제대로 된 답은 듣기 힘들고, 내가 인상을 써도 은호는 몸을 닦기 싫다며 웃으면서 도망을 다녔다. 그대로 두면 열경련이 날까봐 걱정되어서 휴대전화로 뽀로로를 틀어주자 그나마 자리에 앉았고, 나는 뽀로로를 보는 은호의 몸을 닦았다.

금방 떨어질 줄 알았는데, 열이 쉽게 잡히지 않았다. 시간이 지날수록 올라가는 양상이어서 결국 *해열제를 먹였다. 해열제를 먹이니 열이 떨어졌다. 해열제로 열은 잡혔지만, 일시적인 것인지도 모른다는 생각에 불안해서 잠이 오지 않았다. 알람을 맞추어놓고, 서너 시간마다 일어나서 체온을 쟀다. 다행히 열은 다시 오르지 않았고, 다음 날 비몽사몽 하다가 은호가 낮잠 자는 시간에 함께 곯아떨어졌다.

*해열제

시판되는 해열제는 타이레놀 계열, 부루펜 계열, 아스피린 계열로 볼 수 있는데, 아스피린 계열은 소아의 경우 레이 증후군을 유발할 수 있다. 레이 증후군은 원인이 밝혀져 있지 않지만, 뇌 손상과 간 손상을 일으킨다. 그러므로 아이에게 아스피린을 사용하지 않아야 한다.

타이레놀 계열의 성분명은 아세트아미노펜이다. 아세트아미노펜이 들어간 시럽은 수백 가지인 데다가 단일 성분도 있고, 복합 성분도 있다. 해열만이 목적인 경우 단일 제제를 사용한다. 시판되고 있는 아세트아미노펜 계열 시럽은 타이레놀, 챔프, 세토펜이 대표적이다. 4개월 이상 소아에게 사용할 수 있는 비교적 안전한 약이지만, 규정량 이상을 사용하면 간과 신장에 이상이 생길 수 있다. 권장량(1kg당 10~15mg)을 4~6시간 간격으로 1일 5회 이상 투여하지 않도록 한다.

부루펜 계열은 이부부루펜과 덱시부루펜이 있다. 이부부루펜은 부루펜 시럽, 이부펜 시럽, 그린펜 시럽 등이 있다. 덱시부루펜은 이부부루펜에서 소화 장애를 일으키는 성분을 제거한 것이다. 애니펜 시럽, 맥시부펜 시럽 등이 있다. 부루펜 계열의 시럽도 간과 신장에 이상을 일으킬 수 있다. 권장량(1kg당 2~10mg)을 1일 4회까지 먹인다.

타이레놀에 알러지가 있으면, 부루펜을 먹이고, 반대의 경우에는 타이레놀을 먹인다.

해열제를 먹여도 열이 떨어지지 않으면 교차 투약한다. 한 가지 해열제를 먹이고 한두 시간이 지나도 열이 떨어지지 않는 경우 다른 계열의 해열제를 먹이는 것이 교차 투약이다.

스카이다이빙 자세

은호는 11개월에 걸었다. 남자아이가 돌 전에 걸으면 빠른 편이라고 하는데, 나는 그 이유가 스카이다이빙 자세 때문이라고 믿고 있다. 은호는 뒤집은 다음부터 하루에 수십 번씩 스카이다이빙 자세를 했다. 엎드린 채 팔과 다리를 위로 들어 올리는 자세가 스카이다이빙 할 때 비행기에서 뛰어내리는 자세와 비슷해서 그렇게 이름 붙였다.

한동안 은호는 스카이다이빙 자세에 빠져 있었고, 한 마디로 혼연일체였다. 심심하면 했고, 쉴 새 없이 했다. 엎드린 채 머리와 팔과 다리를 위로 드는 건 쉽지 않은 일일 텐데 멈출 생각이 없어 보였다.

그런 은호를 보며 나는 한때 즐겨 읽었던 『불멸』의 한 구절을 떠올리지 않을 수 없었다. 『불멸』은 밀란 쿤데라의 작품이고, 나는 쿤데라의 독특한 사유를 좋아해서 그의 작품만 찾아 읽던 시절이 있었다. 그는 빛나는 사유를 하는 작가이고, 나는 그의 대표작인 『참을 수 없는 존재의 가벼움』이나, 『농담』도 좋아하지만, 가장 좋아하는 책은 『불멸』이었다.

그 책에는 여러 가지 놀라운 사유가 나오는데, 나의 기억 속에 박혀 있는 것 중 하나는 책의 앞부분에 등장하는 수영복을 입은 여인에 관한 것이었다. 쿤데라는 그 여인이 손 흔드는 모습을 묘사하며 손짓의 정수를 표현했다고 설명했고, 나에게는 그게 인상 깊었는데, 아마도 그와 비슷한 광경을 목격한 적이 있는 것 같았기 때문일 것이다. 사람들은 때때로 그렇게 인상적인 몸짓을 할 때가 있다.

그런데 쿤데라는 뒷부분에 거기에 새로운 사유를 덧붙였다. 쿤데라에 의하면 우리 지구상의 인류의 수효가 800억이 넘어서고 있으니, 개별자의 수에 비해 몸짓의 수가 비교도 안될 만큼 적다고 설명했다. 그건 사람은 많고, 몸짓은 별로 없다는 의미이고, 우리가 어떤 몸짓을 소유한 것이 아니라 몸짓이 우리를 소유하고 있는 건지도 모른다는 결론에 도달했다. 쿤데라는 우리가 몸짓의 꼭두각시라고 표현했고, 은호를 보고 있으면 그의 말이 꽤 설득력 있게 느껴졌다.

걷기 전까지 은호는 스카이다이빙 자세의 꼭두각시 인형이었고, 나는 은호가 스카이다이빙 자세를 하면 환호성을 보내고, 박수를 치고, 짧은 동요를 불렀다. 동요는 어쩌다 부르게 된 건지 기억나지 않는데, 아마 은호가 혼자 힘들게 버티고 있는 게 안쓰러워서 부른 게 아닌가 싶다. 아무튼, 은호는 내가 '나비야' 같은 짧은 동요를 부르면 끝날 때까지 기다렸다가 자세를 풀었다. 얼굴이 빨개져도 포기하지 않고 눈을 부릅뜬 채 자세를 유지했다. 그러다 노래가 끝나면 자세를 풀고 의기양양한 눈빛으로 나를 쳐다보았다. 그 눈빛과 표정이 어찌나 귀여운지. 내가 "잘했어!" 하고 말하며 엄지를 치켜들면, 은호는 대단하지 않으냐는 듯 방긋 웃었다.

끝이 없다

제4부

풍요로운 호사

　　인간이 세계를 받아들이는 것은 다섯 가지 감각을 통해서이다. 다섯 가지 감각은 미각, 시각, 청각, 촉각, 후각이라고 불리는데, 은호가 태어나기 전, 나는 주로 시각에 의존해서 살았다. 책 읽고, 영화 보는 게 취미이고, 여행 다니는 것도 좋아하는데, 여행은 오감을 자극하지만, 그중에서도 시각적 자극이 가장 큰 게 아닌가 싶었다. 나는 새로운 풍경 속으로 들어가는 것을 즐겼고, 시간 여유가 생기면 가방을 꾸렸다. 그런데 출산하고 나니 그런 생활이 불가능했다. 모든 게 은호 위주로 돌아갔고, 독서와 영화감상은 제한적인 형태로 이루어졌고, 여행은 엄두도 낼 수 없었다.

　　분명 갑갑한 상황인데, 이상하게 견딜 만했다. 나는 그 이유가 궁금했고, 며칠 동안 곰곰이 생각한 끝에 어쩌면 촉각이 도움이 되는 것인지도 모른다는 결론에 도달했다. 은호를 바라보고, 향긋한 냄새를 맡고, 웃음소리를 듣는 것도 좋지만, 수유하고 나서 트림을 시키려고 등을 쏠어주거나, 재우려고 작고 통통한 등을 토닥거리다 보면 손바닥을 통해서 따사로운 온기가 스며들었고, 그 온기가 퍼져서 몸을 적셨고, 나는 꿀통에 빠진 것처럼 달콤해지곤 했다.

하지만 촉각은 나에게 그다지 큰 의미가 있는 감각은 아니었다. 그저 은호를 낳기 전, 인터넷에서 1960년대 루마니아의 보육원에서 벌어진 일을 다룬 글을 본 적이 있었을 뿐이다. 그 글에 의하면 1960년대 루마니아는 정치적인 이유로 여성의 피임과 낙태를 금지했고, 폭발적으로 증가하는 아이들을 수용한 보육원은 인원이 부족한 탓에 아이들을 방치했다. 그래서 그 시기에 수용된 아이들은 제대로 성장하지 못했다. 아이들은 가만히 있지 못하고, 몸을 흔들고, 머리를 벽에 박고, 얼굴을 찡그리고, 슬픔에 잠긴 눈으로 낯선 사람을 멍하니 바라보았다. 아이들은 사람과 어울리는 즐거움을 느끼지 못했고, 야단맞아도 개의치 않았고, 모든 일에 무관심했다.

다이앤 애커먼의『감각의 박물학』이라는 책은 촉각이 얼마나 중요한지 나에게 알려주었다. 나는 그 책을 통해서 인간의 감각에 대해 더 많이 알게 되었고, 더 깊이 생각하게 되었다. 그 책에는 촉각에 대한 다양한 실험이 등장했다. 이를 테면, 어미 쥐가 새끼 쥐의 몸을 핥아줄 때, 새끼 쥐의 몸에서 긍정적인 화학적 변화가 일어난

다고 했고, 반대로 새끼 쥐를 어미 쥐의 몸에서 떼어놓으면, 새끼 쥐의 성장 호르몬 분비가 저하되었다. 새끼 원숭이로 실험해도 결과는 비슷했다. 새끼 원숭이를 어미 원숭이와 격리하면 무기력, 혼란, 우울 등의 증상이 나타나는데, 특히, 신체 접촉의 박탈은 신체와 심리에 돌이킬 수 없는 장애를 일으켰다.

그런 이유로 마이애미 의과대학에서는 중환자실에 입원한 조산아들에게 안마를 해주고 있었다. 안마 스케줄에 따라 정해진 시간이 되면 간호사가 아기 몸의 각 부분을 쓰다듬어주었다. 그런 식의 자극을 받은 아기들은 더 활발하고, 체중이 빨리 늘고, 성장 발달이 잘 이루어졌다.

책은 우리가 서로 만지고, 쓰다듬는 걸 좋아하기 때문에 아기를 낳고, 키울 수 있다고 말하고 있고, 나는 그 말에 충격을 받았다. 촉각이 그 정도로 막강한 영향을 미치는 것은 알지 못했고, 그저 소소한 기쁨을 위해 은호를 안아주고, 쓰다듬었을 뿐이다. 새삼 은호를 더 적극적으로 안아주지 못한 게 미안했고, 책을 읽고 난 뒤에는 더 자주 안아주려고 노력했다.

사람들이 흔히 하는 말로, 아이는 어릴 때 효도를 다한다고 한다. 나는 그 말의 속뜻이 촉각에 있는 게 아닌가 싶다. 아기를 마음껏 만지는 것은 부모만 할 수 있는 행동이고, 부모는 그로 인해 생의

활력을 얻고, 아기는 무럭무럭 성장할 수 있다. 그것은 부모가 되어
야만 누릴 수 있는 즐거움이고, 부모가 아니면 느낄 수 없는 즐거움
이고, 은호를 어루만지는 건 내 생애 가장 풍요로운 호사이다.

베이비 페어나 유아 교육전

은호를 낳기 전 출퇴근할 때 버스를 이용했다. 내가 타고 다니던 버스는 학여울역 앞을 지나쳤는데, 학여울역에는 서울전시무역컨벤션 센터, 세텍SETEC이 있었다. 세텍에서는 1년 내내 여러 가지 행사가 열렸다. 건축이나 인테리어 관련 전시, 만화 관련 전시, 게임이나 캐릭터 전시 등. 그중에서 베이비 페어나 유아 교육전(이하 유교전)이 열리면 아기 띠를 매거나 유모차를 미는 부모를 볼 수 있고, 주차장 입구에 자동차가 길게 늘어서 있었다.

학여울역에서 버스로 두 정거장 거리에 코엑스가 있었다. 코엑스에서도 1년 내내 여러 가지 행사가 열리는데, 물론 베이비 페어나 유교전도 포함되어 있었다. 나는 운 좋게도 그 두 곳과 가까이 살아서 베이비 페어나 유교전이 열리면 한번씩 가보았다. 은호가 어린이집에 다니기 전에는 아기 띠를 매고 가서 유모차를 빌렸고, 어린이집에 다니게 된 뒤로는 혼자 갔다. 유모차는 신분증만 맡기면 빌려주었다.

베이비 페어에는 출산준비물부터 신생아용품까지 망라되어 나왔다. 유명 브랜드에서 나오는 제품에서부터 중소기업이 만드는 제품까지 다양했다. 가제 수건, 면기저귀, 아기옷, 이불, 양말에서부터 빨대 컵, 식판, 유기농 과자, 이유식까지 없는 게 없었다. 그 모든 걸 한자리에서 보고, 가격을 비교하고, 구매할 수 있는 게 매력이었다. 그리고 이벤트도 많았다. 선착순 이벤트도 있고, 부스마다 따로 이벤트를 준비하기도 했다.

유아 교육전에는 출판사가 주로 참여했다. 아람, 천재, 프뢰벨에서부터 잉글리시 에그, 튼튼 영어, 디즈니 월드 등. 수입 영어 원서를 취급하는 세종북스나 제이와이북스에는 늘 엄마들로 북적거리고, 장난감을 취급하는 큐이디, 행복한 바오밥, 아카데미도 인기가 있었다. 킥보드 브랜드에서는 전시관 내에 울퉁불퉁한 길을 만들어서 아이들이 직접 체험해볼 수 있도록 해놓았고, 어린이 암벽등반 프로그램 같은 것도 운영되었다.

은호가 태어나기 전, 베이비 페어나 유교전에 갈 필요가 없던 시절에 남편과 나는 가을이 되면 홍대 앞에서 열리는 와우 북 페스티벌에 가곤 했다. 퇴근이 이른 내가 먼저 가서 책을 몇 권 사고, 홍대 인근을 산책하면서 남편을 기다렸다. 남편이 오면 우리는 다시 한 번 북 페스티벌을 한 바퀴 돌아보고 근처 술집으로 향했다. 홍대 근처에는 분위기 좋은 바나 술집이 많았다. 우리는 한 번도 먹어 보지 못한 향기로운 술과 새로운 퓨전 안주를 먹으며 놀다가 늦은 밤 지하철을 타고 집으로 향했고, 가끔, 그 시절이 그리웠다.

유리드믹스, 트니트니

그들의 눈앞에 있는 것은 미쇼디에르가와 뇌브생토귀스탱가가 만나는 곳에 위치한 거대한 백화점이었다. 최신 유행의 다양한 천들과 옷들을 진열해놓은 쇼윈도는 부드럽고 희뿌연 10월의 대기 속에서 생생하고 화려한 색깔들로 빛나고 있었다. 생로크 교회에서 8시를 알리는 종이 울렸고, 이른 아침의 거리에는 사무실로 출근하는 사무원들과 쇼핑을 하러 나온 주부들 같은 부지런한 이들만이 눈에 띌 뿐이었다. 점원 둘이 백화점 문 앞에 접이식 사다리를 놓고 올라가 쇼윈도에 모직으로 된 옷들을 걸고 있었다. 뇌브생토귀스탱가에 면해 있는 쇼윈도 안에서는 또 다른 점원 하나가 등을 돌리고 무릎을 꿇은 채 푸른색 실크로 된 옷을 세심히 접고 있었다. 백화점 직원들만이 겨우 출근해 있을 뿐 아직 손님이 들지 않아 텅 비어 있는 백화점 내부는 마치 잠에서 깨어나는 벌통처럼 윙윙거렸다. "정말 굉장하네!" 장은 감탄사를 뱉어냈다. "발로뉴는 감히 명함도 못 내밀겠어. ······이제 보니 누나가 일하던 데는 대단한 곳이 아니었네."

드니즈는 수긍하듯 고개를 끄덕였다. 그녀는 고향에서 가장 알아주는 신상품점인 코르나유에서 2년간 일했던 적이 있다. 그런데 느닷없이 그녀의 눈앞에 나타난 거대한 백화점은 말문을 막히게 했다. 놀라움과 흥분으로 가슴이 벅차오른 드니즈는 그 순간 머릿속에 텅 비어버린 듯 아무것도 생각나지 않았다. 가이용 광장 쪽의 모서리를 깎아 만든 벽면에는 화려한 금박 장식들로 둘러싸인 유리문이 중이층까지 높이 솟아 있었다. 그 위로는 우의적 인물상인 두 여인이 몸을 뒤로 젖히고 가슴을 드러낸 채 환한 웃음과 함께 '여인들의 행복 백화점'이라고 새겨진 간판의 양옆을 감싸고 있었다.

에밀 졸라, 『여인들의 행복 백화점』에서

나는 백화점의 참모습이 내부에 있다고 생각한다. 백화점 안에는 반들반들한 대리석이 깔려 있고, 공기 중에 향기가 떠돈다. 그리고 백화점에는 인간에게 필요한 거의 모든 것 옷, 가구, 가전, 식품 등이 있다. 점원은 단정한 유니폼을 입고, 친절하게 말하고, 모든 게 완벽하지만, 그래서 불편했다. 너무 깨끗하고, 너무 향기롭고, 너무 많고, 너무 친절했다. 그게 왠지 어색해서 나는 백화점에 자주 가지 않지만, 무언가 사야 하는 일은 늘 있게 마련이고, 백화점을 완전히 멀리하는 건 불가능한 일이다.

그런데 은호를 낳고서 백화점이 다르게 보였다. 백화점은 일년 내내 쾌적한 실내 온도를 유지하는 넓은 공간이었다. 그것은 백화점에 가면 가벼운 복장으로 오래 걸을 수 있다는 것을 의미했다. 게다가 백화점은 이름과 전화번호만 적으면 온종일 무상으로 유모차를 빌려주었다. 기저귀를 갈고, 이유식을 데워 먹일 수 있는 수유실도 있었다. 백화점 식당가는 아기를 데리고 오는 엄마에게 관대했다.

그리고 백화점에는 문화센터가 있었다. 문화센터에서는 미술, 영어, 바이올린, 뜨개질 같은 수업에서부터 아기와 엄마가 함께 참여하는 수업과 큰아이들의 예체능 수업까지 다양한 프로그램을 운영했다. 여동생은 조카 다올이 6개월 되었을 때, 문화센터에서 하는 베이비 마사지 수업에 다녔다. 아기를 많이 만져주는 게 좋다는 건 알고 있지만, 나의 경우에는 몸의 회복이 더뎌서 도저히 엄두가 안 났다.

은호가 10개월이 다 되었을 때에야 나는 겨우 용기를 낼 수 있었다. 여동생은 뒤집기를 하고 기어 다니게 되면, 베이비 마사지에 가봤자 아기를 붙잡느라 시간이 다 가서 소용없다고 했다. 그래서 나는 근처 사는 조리원 동기와 유리드믹스 수업을 들어 보기로 했다. 유리드믹스는 새로운 악기의 소리를 듣고, 탐색하고, 신나게 노는 수업이었다. 초반에 은호는 낯선 장소와 많은 사람 사이에서 얼떨떨해했지만, 적응하고 난 뒤에는 수업 시간에 악기를 흔들고, 엉덩이를 실룩거리며 교실을 기어 다녔고, 나는 사진을 찍었다. 다른 엄마들도 휴대전화로 사진 찍느라 바빴다.

3개월 동안 유리드믹스를 듣고 난 뒤에는 트니트니에 등록했다. 아이들이 걷게 되니 체육 활동을 시키고 싶었다. 트니트니는 매시간 다른 설정으로 아이들이 재밌게 뛰어놀 수 있도록 해주었다. 어떤 때는 부채를 들고 줄을 타고 건너는 놀이를 하고, 또 다른 때는 농부가 되어 밀짚모자를 쓰고 스티로폼 당근과 감자를 구멍에 넣었고, 놀이터가 콘셉트인 날에는 원목 미끄럼과 그네를 차례차례 타며 놀았다. 트니트니는 시작할 때와 끝날 때 유쾌한 노래를 틀어놓고 춤을 추는데, 은호는 방방 뛰며 놀았고, 선생은 아이들을 천장에 닿을 정도로 번쩍 들어 주었다.

유리드믹스를 들을 때는 은호가 어려서 아기 띠에 매고 버스를 타고 다녔고, 트니트니를 들을 때부터 유모차에 태우고 걸어 다녔다. 조리원 동기와 집이 아주 가깝지는 않아서 갈 때는 따로 가고, 수업을 마치고 돌아갈 때는 갈라지는 길목까지 함께 걸었다. 아이들은 유모차에 앉아서 장난치며 놀고, 우리는 수다를 떨었다. 우리는 거의 1년 동안 문화센터에 다녔고, 마지막 겨울 학기에는 눈이 자주 왔다. 함박눈이 쏟아지는 날에도 우리는 아이들에게 두툼한 담요를 덮어주고, 유모차 커버를 씌우고 걸었다. 유모차 안은 따뜻해서 김으로 뿌옇게 변하고, 눈이 유모차를 하얗게 덮었다. 우리는 한참 걷다가 공원에서 아이들을 내려 주었다. 아이들은 얼굴이 빨개질 때까지 눈밭 위를 뛰어다녔고, 우리는 사진을 찍었고, 그렇게 한 시절이 흘러갔다.

기억이 있었다

　　아이들에게는 저마다 특이한 점이 있다. 나는 그렇게 생각한다. 그리고 간혹 그걸 목격하는 일이 생긴다.

　　예를 들어, A라는 친척 소녀는 상황을 예측하는 능력이 있었다. 그건 아이들에게 흔치 않은 능력이었다. 그 소녀에게는 남동생이 있는데, 한번은 남동생이 그녀가 좋아하는 곰 인형을 빼앗으려 했다. A는 싸우지 않고 선선히 내주었다. 그러자 남동생은 금세 시들해져서 곰 인형을 소파에 내버려두었다. 소녀는 오 분도 안 되어서 곰 인형을 다시 품에 안을 수 있었다. 또 다른 소녀 B는 친구 딸인데, 지적 호기심이 있는 타입이었다. 카페에서 엄마가 시키지도 않는데 스케치북에 알파벳을 점선으로 적어달라고 하더니 따라 그리며 시간을 보냈고, 그러다가 누가 알려주지도 않았는데, 한글을 뗐다.

은호의 특이한 점은 기억이었다. 은호는 장소를 잘 기억했다. 돌 무렵 유모차에 태워서 병원에 가는데, 병원 입구에서 울기 시작했다. 병원에서 주사를 맞은 적이 있어서 그런 것 같아 나는 주사를 맞으러 온 게 아니라고 말해준 다음 과자를 쥐어주고 엘리베이터를 탔다. 의사를 만나기 위해 진료실로 들어가기 전에 은호는 한 번 더 싫은 표정을 지으며 울었다.

"아이가 주사 맞은 게 아팠나봐요."

우는 은호를 안고, 진료실에 들어서며 말했더니 의사가 아직 그런 걸 기억할 나이가 아니라고 했다.

은호를 어린이집에 보내고, 연희문학 창작촌에 집필실을 배정받아서 몇 달 다닌 적이 있다. 나는 입주 초에 은호를 한 번 데려 가서 구경시켜 주었고, 나갈 때 한 번 더 데리고 갔다. 두 번 모두 일요일에 작가들이 외출하고 없을 때였고, 짐이 많아서 부득이 자동차로 옮겨야 했다. 남편이 짐을 나르는 동안 은호와 나는 방에 남아서 뒷정리를 했다.

"엄마, 여기서 전에 초코 먹었지?"

방을 닦고 있는데 은호가 물었고, 나는 기억을 더듬었다. 전에 은호가 왔을 때 마침 어린이날이라 마트에서 초코파이를 공짜로 주었고, 그걸 방에서 먹었었다. 평소 초콜릿을 준 적이 없어서 기억하는 것 같고, 은호에게 창작촌의 그 방은 달콤한 기억일지도 모른다고 생각하자 웃음이 나왔다.

은호와 함께 길을 걷다 보면 종종 이런 말을 들을 수 있었다.

"엄마, 전에 여기서 형들이랑 놀았지?"

"엄마, 전에 여기서 미역국 먹었지?"

"엄마, 전에 여기서 할아버지 할머니랑 케이크 짝짝짝 했지?"

대개의 경우 기억은 추억이지만, 소설가에게는 소설의 소재가 될 수 있다. 하비에르 마리아스의 『내일 전쟁터에서 나를 생각하라』에는 어릴 적 살던 골목의 간판에 대한 애정 어린 긴 묘사가 이어지고, 최은영 작가의 『쇼코의 미소』에서는 기억의 또 다른 변주인 편지와 사진이 현실과 교직하면서 근사한 무늬를 만들어냈다.

그리고 헤르타 뮐러의 『숨그네』. 그 책은 수용소 생활을 다루고 있는데, 1945년에 루마니아에 살던 독일인들이 소련의 강제 수용소로 유형을 갔고, 헤르타 뮐러는 2001년부터 소련의 강제 수용소로 유형을 갔다가 돌아온 사람들과 대화를 나누기 시작했는데, 오스카 파스티오르와 가장 오랜 시간 대화를 나누었다. 그 대화는 네 권의 공책이 되고, 그가 죽은 뒤 헤르타 뮐러는 그의 기억을 바탕으로 『숨그네』를 완성했다.

책 속의 이야기는 처절하고, 실제 경험한 사람의 기억에 의존하고 있기 때문에 생생했다. 책 전체가 살아 숨 쉬고 있고, 읽는 동안 수용소의 귀퉁이에 숨어 있는 것 같은 느낌이 들었을 뿐 아니라, 헤르타 뮐러의 문장은 매력적이었다. 이를 테면, '미세한 반짝임을 둘러싼 시간은 고요하고 매끈했다', '해가 움직이면 그림자는 새로운 모양을 입는다', '결혼과 죽음은 다른 게 아니냐고 에마가 말하자 그는 둘 다 두려움을 동반하는 거라고 했다' 등. 책은 오랜 시간 공들여 완성한 아름다운 무늬의 카펫처럼 정교했고, 나는 한동안 『숨그네』에서 헤어나지 못했다.

머리가 터졌어! 피다!

　나의 소설집 『너의 봄은 맛있니』에 수록된 단편소설 「블루 테일」은 어느 작가의 책 후기에서 쌍둥이 아이들이 자꾸 사고를 쳐서 힘들다는 내용을 보고 영감을 얻었다. 나는 쌍둥이 아이의 치다꺼리를 하느라 바쁜 와중에 삶의 구멍을 들여다보게 되는 여자를 그리고 싶었다.

　여자는 이 아파트가 처음부터 마음에 들지 않았다. 도로와 마주하고 있으니 자동차 소리로 시끄러울 게 뻔하고 북서향이어서 온종일 해가 들지 않았다. 부동산 업자는 배산임수와 출세가도를 운운하며 남편을 설득했다. 아파트 단지 뒤로 야트막한 산이 있고, 좀 떨어진 곳에 하천이 있었다. 남편은 정리해고 되었다가 재취업한 터라 부동산 업자의 말에 넘어갔다. 아파트는 여자의 예상대로였다. 언제나 자동차 소리가 들려오고, 해가 들지 않아서 빨래가 더디게 말랐다. 게다가 아파트 앞 커브 길에서 자동차 사고가 수시로 일어났다. 사고가 나면 쌍둥이가 제일 먼저 베란다로 달려갔다. 쌍둥이는 난간에 매달려 소리를 질렀다. 머리가 터졌어! 바보야! 심장이 터진 거야! 피다! 피다! 피다!

인생은 무수히 많은 태클의 연속이고, 아이가 사고 치지 않는 게 이상하다고 미리 각오하면 편했다. 거기에 더하여 인간은 원래 다른 인간의 말을 듣고 싶어 하지 않으며, 타인을 내가 원하는 대로 이끌기는 어렵다는 걸 염두에 두면 화낼 일이 없었다. 문제는 그게 쉽지 않다는 것이지만.

내 조카 다올은 잘 넘어졌다. 여동생은 그것 때문에 오랫동안 걱정했다. 다올은 앞으로 넘어지기도 하지만, 문제는 뒤로 넘어지는 것이었다. 뒤로 넘어지면서 머리를 바닥에 쿵 찧으면, 여동생은 심장이 오그라진다고 했다. 여동생은 다올이 두 돌 될 때까지 미끄럼방지 양말을 신겼고, 헬멧처럼 생긴 머리 보호대를 알아보았다. 여동생 말로는 최신형 머리 보호대는 가볍고 손세탁도 할 수 있다고 했다. 하지만 여동생이 망설이는 사이 다올이 넘어지는 일이 부쩍 줄었고, 넘어지더라도 머리를 땅에 부딪치는 일은 거의 없었다.

조리원 동기 딸인 다현은 여러 가지 에피소드로 우리를 조마조마하게 했다. 오빠가 있는 다현은 다른 아이들보다 걷고 서는 게 빨랐고, 그만큼 다현 엄마는 한시도 마음을 놓을 수 없었다. 어느 날은 잠시 방을 비웠다가 돌아가 보니 삼단 책장 꼭대기에 앉아 있고, 다른 날은 의자를 받치고 올라가서 창틀에 앉아 있었다고 했다. 다현이네 집은 4층이어서 그걸 들은 우리는 간담이 서늘해졌다. 그 뒤로도 다현은 마스카라를 먹고, 놀이터에서 담배꽁초를 주워 먹고, 뛰다가 넘어져서 턱이 찢어졌다.

또 다른 조리원 동기인 서준 엄마는 커피를 마시고 식탁에 내려놓았는데, 서준이가 그걸 쏟아서 화상을 입었다. 대수롭지 않은 화상이고, 의사가 별 이상이 없을 거라 하는데도 서준 엄마는 자책했다. 서준은 운이 좋은 경우지만, 화상은 아기에게 치명적이었다. 면역력이 약해서 어른보다 2차 감염 확률이 높고, 손가락의 경우 피부가 손상되면 나중에 관절을 제대로 움직이기 힘든 경우가 생길 수 있었다.

기어 다니기 시작하면서 은호는 선풍기나 CD플레이어의 콘센트를 빼고, 거실 구석에 놓아둔 빨래 건조대를 쓰러뜨리고, 물티슈를 뽑았다. 나는 물티슈를 숨겨 두고 썼는데, 깜빡 잊고 놔두면 금세 거실 바닥이 물티슈로 뒤덮였다.

은호는 호기심이 많고, 겁도 많고, 고통에 예민했다. 한번은 놀다 넘어져서 엄지발가락에 작게 상처가 났는데, 주저앉아 눈물을 뚝뚝 흘렸다. 상처에 *연고를 발라주었음에도 불구하고, 인어 공주처럼 두 다리를 모으고서 담요로 다리를 덮은 채 슬픈 표정을 지었다. 밥을 먹으라고 해도 아프다며 고개를 저어서 하는 수 없이 된장찌개에 밥을 비벼서 떠먹여주고, 양치도 해주었다. 그렇게 씻기고 난 뒤 은호를 안고 방으로 들어가서 이불 위에 눕혔다. 은호는 피곤했는지, 금세 잠들었고, 나는 그제야 웃을 수 있었다.

아이 안전 용품은 종류가 다양했다. 도어 스토퍼, 모서리 보호대, 서랍보호 장치, 선풍기 안전망, 유리 흡착 손잡이, 침대 안전 가드, 콘센트 안전 커버 등. 바닥에 까는 매트도 넓게 보면 보호 용품이었다. 깔아두면 아이들이 넘어질 때 충격을 덜 받고, 층간 소음도 막아주었다. 그중 내가 사용해본 건 모서리 보호대, 서랍보호 장치, 선풍기 안전망, 바닥에 까는 매트 정도였다. 날카로운 모서리마다

폭신한 모서리 보호대를 붙이고, 주방 서랍은 서랍보호 장치로 잠
갔다. 바닥에 까는 매트는 디자인이 다양해서 인테리어 효과도 있
었다.

*상처 연고

상처 연고로는 후시딘연고, 복합마데카솔연고, 바스포연고, 티로신
연고 등이 주로 사용되는데, 모두 항생제이다. 먹는 항생제와 마찬가
지로 바르는 항생제도 내성이 생길 수 있으므로 1~2주 정도만 사용
한다. 후시딘연고는 항생제 단일 성분으로 효과가 좋지만, 30년 넘게
사랑받아온 제품이어서 내성균이 발견된다. 복합마데카솔연고는 피
부 재생을 돕는 센탈리아시아티카 정량 추출물이 들어 있고, 항생제
와 스테로이드도 들어 있다. 시판되는 마데카솔은 종류가 여러 가지
이다. 복합마데카솔, 마데카솔케어, 마데카솔 분말, 편의점에서 파는
마데카솔연고까지. 각각 성분이 다르니 잘 살펴보아야 한다. 바스포
연고는 세 가지 항생 물질이 섞여 있고, 티로신연고는 바이러스에도
효과가 있어서 입술 포진에도 사용할 수 있다.

개가 짖는 것 같은 울림

　　겨울밤이었다. 남편, 나, 은호는 각자 이불을 둘둘 말고
자고 있었다. 은호는 낮에 키즈 카페에서 다올과 만나 신나게 놀아
서인지 일찌감치 곯아떨어졌다. 그런데 어느 순간 나는 잠에서 깼
다. 일어나서 어둠을 바라보았다.

　　컹컹컹.

　　이 소리 때문이었다. 은호가 내는 소리였다. 개가 짖는 것 같은
울림. 잠시 뒤 남편이 잠에서 깨어 휴대전화 손전등 기능을 켰다. 우
리는 은호를 들여다보았다. *감기일까?

　　컹컹컹.

　　낯선 기침 소리에 아연했다. 잠시 뒤 남편이 입을 뗐다.

　　"어쩌지?"

　　기침 소리가 예사롭지 않았다.

"아무래도 응급실에 가야 할 것 같아."

남편이 운전을 하는 동안, 나는 차창 밖을 바라보았다. 패딩을 입어서 어깨가 우람해진 내가 비쳤고, 은호는 위아래가 붙은 패딩 우주복을 입고 내 어깨에 기대어 잠이 들었다. 겨울밤의 어둠은 깊고 진했고, 별처럼 빛이 흩어져 있었다. 바야흐로 스밀라의 계절이었다. 페터 회의 소설 『스밀라의 눈에 대한 감각』의 주인공 스밀라. 그녀는 그린란드인 어머니와 덴마크인 아버지 사이에서 태어났고, 눈과 얼음을 사랑했다. 그녀는 이사야라는 소년의 죽음에 감춰진 진실을 파헤치기 위해 나서고, 추리소설의 외피를 쓰고 있지만, 소설에서 중요한 것은 줄거리가 아니다.

이 소설이 특별히 강렬했던 것은 그린란드라는 땅이 주는 이미지였다. 나는 추위를 많이 타서 겨울을 싫어하는데, 이 소설의 배경인 그린란드와 덴마크는 내내 겨울이고, 이글거리는 태양 아래, 수영복을 입고, 바다로 뛰어드는 장면 따위는 없었다.

주인공 스밀라는 캐시미어 스웨터에 모피 모자와 장갑을 착용하거나 새끼 염소 가죽 바지에 비단 안감을 덧대어 입었다. 그녀는 어렸을 적에 어머니와 함께 일각 고래나 바다 쇠오리 사냥을 나갔다. 그들은 막 잡은 일각고래 껍질을 벗겨서 먹었고, 스밀라는 다섯 살까지 엄마의 품에 파고들어 모유를 마셨고, 스밀라의 어머니는 초벌 무두질한 곰 가죽 바지를 입고, 불에 타고 남은 재를 먹고, 재로 눈 밑에 얼룩을 칠했다.

그녀의 세계는 몹시 춥지만, 그녀는 누구보다 열정적이고, 그녀에게 금기란 없고, 이사야의 죽음의 비밀을 파헤치기 위해 거침없이 나아갔다. 그러면서도 그녀는 두려워하고, 갈등했다. 하지만 언제나 끝까지 나아가는 방향을 선택했고, 나는 그녀의 그런 강한 의지가 좋았고, 막판에 뒤통수를 얻어맞고, 싸워서 만신창이가 된 상태에서도 빙하의 하층부가 드러나고, 크레바스가 펼쳐진 땅에 도달하여, 얼음도끼로 땅을 찍으며 앞으로 나아가는 게 마음에 들었다.

스밀라는 내가 결코 가볼 수 없는 세상에서 해보지 못할 경험을 했고, 나는 그녀의 경험을 세 번이나 동행했으며, 그러는 동안 마음속으로 그녀를 받아들였고, 겨울이 되면 그녀를 기억했고, 때로는 눈으로 책장을 훑어서 그녀를 찾았고, 때로는 두툼한 그녀를 꺼내서 읽었고, 그저 눈으로 안부를 확인하기도 했다. 그녀가 곁에 있다는 것만으로도 나는 든든했다.

의사는 급성후두염이라 했다. 후두는 인두 아래에 있는데, 코와 입으로 흡입된 공기를 가습하고, 이물질을 걸러내는 호흡 기관이었다. 후두가 세균 또는 바이러스에 감염되는 염증이 후두염이었다. 병변의 범위에 따라 후두염, 후두 기관염, 후두 기관지염으로 불리는데, 통틀어 크루프라 했다. 후두염은 보통 합병증 없이 좋아지지만, 중이염, 기관염, 폐렴과 같이 다른 호흡기계로 번질 수도 있어서 주의가 필요했다.

네뷸라이저를 해야 했다. 네뷸라이저는 주로 천식 환자가 사용하는데, 약물을 공중에 부유하는 고체 또는 액체 입자인 에어로졸 형태로 변화시키는 기구였다. 네뷸라이저를 하면 에어로졸 형태로 바뀐 약물이 콧속, 목구멍, 기관지에 닿아 항염증, 항알레르기 효과를 볼 수 있었다.

하지만 은호에게 네뷸라이저는 무서운 도구일 뿐이었다. 에어로졸이 나오는 투명한 플라스틱 마스크를 얼굴에 씌우려 하자 고문을 당하는 사람처럼 버둥거렸다. 휴대전화로 뽀로로를 틀어도 소용없었다. 어르고 달래도 말을 듣지 않아서 마스크를 억지로 씌우니 갯벌의 게처럼 부글부글 가래를 뱉었다. 경황이 없어서 손으로 받았다. 두 손 가득 미끈거리고 끈적끈적한 가래가 쏟아졌다. 더럽다는 생각이 드는 것과 동시에 가래 속에서 딱딱한 게 만져졌다. 무언지 모르지만, 이 많은 가래와 딱딱한 게 다 은호 목에 걸려 있었다고 생각하니 안쓰러웠다.

의사는 실내 습도를 높게 유지해주는 게 좋다고 했다. 70퍼센트가 넘어도 괜찮으니 무조건 높게 유지해야 한다는 것이었다. 크루프는 습도와 온도가 중요했다. 실내 온도는 20~22도가 적절했다. 나는 몸이 차고 추위를 많이 타서 은호가 태어나기 전에는 실내 온도를 적어도 24도로 해놓고 지냈다. 하지만 후두염은 재발률이 높다고 했고, 내가 내복을 한 장 더 껴입는 수밖에 없을 듯했다.

*감기약

감기약은 크게 항생제, 기침약, 콧물약이 있다.

흔히 처방되는 항생제는 아목시실린류, 아목시실린 클라불란산 복합제, 세파로스포린, 마크로라이드계가 있는데, 처방을 받으면 복약 지도를 잘 듣고, 냉장보관해야 하는 약을 알아두는 게 좋다. 균이 다 죽을 때까지 복용해야 내성균이 생기지 않고, 알러지 반응이 있을 수 있으므로 투약한 다음 이상이 없는지 살핀다. 항생제는 우리 몸에 나쁜 균 뿐 아니라, 장내 유익균까지 없애기 때문에 설사가 발생할 수 있고, 항생제를 처방할 때 유산균제를 함께 처방하기도 한다.

기침약은 거담제, 기관지 확장제, 진해제로 분류할 수 있는데, 거담제는 가래를 제거하는 것으로 암브록솔, 브롬헥신, 아세틸시스테인, 카르복실메틸시스테인 등이 쓰인다. 모두 다 점액을 묽게 만들어서 가래를 배출시킨다. 기관지 확장제는 메칠 에페드린, 톨로부테롤, 포

모테롤, 클렌부테롤이라는 성분명을 가지고 있는데, 패취와 알약, 시럽으로 생산된다. 진해제는 중추성진해제와 말초성진해제가 있는데, 중추성진해제에는 마약성 진해제와 비마약성 진해제로 나뉜다. 마약성 진해제는 한외마약으로 불리는데, 한외마약은 마약이 다른 약물이나 물질과 혼합되어 있으나 마약으로 다시 제조하거나 분리해낼 수는 없어 의존성을 거의 일으키지 않는 약이다. 코데인을 주로 사용하고, 비마약성진해제로는 덱스트로메토르판이 있다. 말초성진해제로는 레보드로프로피진이 있는데, 비교적 안전한 진해제로 알려져 있다.

코막힘을 제거하는 약으로는 슈다페드정이 있다. 슈다페드정은 교감신경에 작용하여 비충혈을 제거한다. 교감신경을 흥분시켜서 혈관을 수축시키는데, 부작용으로 심장이 두근거릴 수 있다. 아이들의 코감기에는 시럽을 주로 사용한다. 코감기 시럽은 대개 코막힘과 콧물에 작용하는 약이 섞여 있다. 액티피드 시럽, 코미 시럽, 콜민-에이 시럽이 대표적이다.

이제, 일어나

제5부

11개월의 끝

분유를 먹이지 않고, 모유만 먹이는 걸 엄마들은 완전 모유 수유, 줄여서 완모라고 불렀다. 나는 은호가 유두 혼동이 있어서 부득이 완모를 했는데, 은호가 기어 다니게 된 뒤로 수유 시간이 되면 조용히 의자에 가서 앉았다. 그러면 은호가 나를 향해 기어왔다. 먹이를 발견한 이구아나처럼 얼굴 가득 미소를 띤 채 열정적으로. 나는 그게 재미있어서 일부러 먼저 자리를 잡고 은호를 부르곤 했다.

집에서는 편하지만, 모유 수유할 때 어려운 점 중 하나는 수유할 공간을 찾는 것이었다. 은호가 백일이 될 무렵, 시댁에 간 적이 있는데, 시부모님이 방을 하나 내주었는데도 오래된 한옥이어서 방문을 잠글 수 없는 탓에 누가 들어올까봐 가슴을 졸이며 수유했던 기억이 있다. 추석 때는 비슷한 시기에 아기를 낳은 동서와 한 방에서 수유했다. 평소라면 남 앞에서 가슴을 내놓는 건 상상할 수 없는 일이지만, 어쩔 수 없었다. 쑥스러워서 온몸이 빨개지는 것 같은데, 아무렇지 않은 척하려고 애썼다. 어느 휴일에는 두물머리로 드라이브를 갔는데, 아무리 찾아도 수유할 곳이 보이지 않았다. 하는수 없이 자동차에서 얇은 담요를 뒤집어쓰고 수유했다. 자동차를 공터에 세워놓아서 햇살이 쏟아졌고, 에어컨을 틀어도 땀이 났다. 나와 은호는 땀범벅이 되었다.

그 뒤로 어디 갈 때마다 수유실의 유무와 위치를 확인하는 버릇이 생겼다. 백화점뿐만 아니라 지하철역이나 고속도로 휴게소의 수유실도 알아보았다(최근에는 수유실을 알려주는 휴대전화 어플리케이션이 나왔다.). 지하철은 두세 개 역마다 하나씩 수유실이 있었다. 고속도로 휴게소는 전국에 173개가 있는데 그중 164개에 수유실이 있었다. 그 164개 중 54개는 아기와 엄마가 행복한 방으로 지정되어 있었다.

나는 돌까지 모유 수유를 하려고 했는데 은호는 치아가 위아래로 나자 유두를 깨물었다. 하지 말라고 말해도 듣지 않았고, 급기야 유두가 찢어지고, 피가 났다. 아파서 부랴부랴 구매한 실리콘 유두 보호기를 유두에 대고 수유하려고 하니까 달라진 촉감 탓인지 거부했다. 몇 번 더 시도했지만, 도저히 안 되어서 단유하기로 했다. 12개월에 들어서려는 참이었고, 그사이 많이 컸고, 이유식도 잘 먹어서 괜찮겠다 싶었다.

아기들은 대개 모유를 좋아해서 끊으려 하면 먹겠다고 울고, 안 주면 보채다가 아프기까지 하는 모양이었다. 엄마는 아기가 그러면 안쓰러워서 젖을 물리고, 다시 단유를 시도하고, 그렇게 반복되는 듯했다. 인터넷에 그런 후기가 많아서 걱정했는데, 은호는 빨대 컵에 분유를 타주자 맛있게 마셨다.

은호는 아쉬울 게 없는 것처럼 보였다. 어디에선가 수유는 엄마의 영혼을 나누어주는 일이라고 했다. 나는 은호에게 지난 11개월 동안 나의 영혼을 나누어주었고, 은호 안에는 내 영혼이 있는데, 은호는 미련이 남지 않은 것처럼 보였다. 나만 아쉬웠다. 언제 이렇게 시간이 흐른 것인지.

허전한 마음을 채우기 위해 줌파 라히리의 『저지대』를 잡았다. '톨리 클럽의 동쪽, 데샤프란 사시말 로드가 둘로 갈라지고 나면 조그만 회교성원이 보인다. 회교성원을 돌아가면 조용한 주거지가 나온다. 좁은 길과 주로 중산층이 사는 집들이 빽빽이 들어선 곳이다.' 그녀의 문장은 수줍지만, 매력이 있어서 한 번 읽기 시작하면 눈을 떼기 힘들었다.

줌파 라히리는 인도인 이민 2세로 영국에서 출생하고, 미국에서 학교를 다녔고, 주로 미국에 정착한 인도인 이민 2세를 주인공으로 소설을 썼다. 나는 몇 해 전에 『축복 받은 집』이라는 소설집을 읽고서 그녀의 팬이 되었는데, 『저지대』는 두 번째 장편소설이었다.

소설에서 첫 문단이 끝나고 나면, 줌파 라히리는 곧장 저지대에 대해 설명하기 시작한다. 저지대는 제방을 사이에 둔 연못 두 개와 그 뒤에 넓게 펼쳐진 땅으로, 우기가 지나면 물이 차고, 부레옥잠이 무성해지고, 왜가리 떼가 찾아온다. 캘커타는 습해서 물이 천천히 증발하고, 축축한 땅이 드러나면, 수바시와 우다얀 형제는 저지대를 가로 질러 축구를 하러 놀이터로 간다.

수바시는 얌전하고 순응적이고, 우다얀은 발랄하고 도전적인 소년이다. 그들은 모든 것을 함께 하는데, 모든 상황에서 상반된 반응을 보이고, 나는 두 소년을 모두 좋아하게 되었다. 어쩐지 금방 그렇게 되어버렸고, 그 책이 두 소년의 운명을 어떻게 다룰지 궁금하면서도 두려웠다. 그들이 불행하지 않기를 바랐지만, 남아 있는 페이지가 두꺼웠고, 그 속에서 그들이 어떤 식으로든 부서질 것 같아서 미리 안타까웠다. 단유의 서운함은 어느새 날아가버렸고, 나는 줌파 라히리의 단어와 문장을 눈으로 쫓았고, 책장이 천천히 넘어갔다.

풀잠의 세계

은호를 낳기 전까지 나는 잠을 잘 잤다. 한 번 잠들면 깨는 법이 없었고, 천둥과 번개가 쳐도 모르고 깊이 잤다. 그렇게 자니 아침에 눈을 뜨면 몸이 가볍고, 기분이 좋았다. 30년 넘게 그렇게 살아서 그게 축복인 줄 몰랐다.

임신 중기가 되자 밤에 꼭 한 번씩 깼다. 배가 부풀어 방광을 짓누른 탓인지 저절로 눈이 떠졌다. 잠에 취해 눈도 제대로 뜨지 못한 채 화장실로 갔다. 막달에는 더 심해져서 자다가 두세 번 화장실에 가기 위해 일어났다. 배가 뷔페식당의 음식을 모조리 쓸어 담은 것처럼 부풀고, 무거워서 몸을 일으키는 것도 힘들었다. 그리고 화장실에 다녀와서 도로 이불에 눕는 것도 고역이었다. 나중에는 아예 화장실에 다녀온 뒤에 소파에 기대어 눈을 붙였다.

은호가 태어난 다음에는 상황이 더욱 좋지 않았다. 일과가 엉망진창인 몇 주가 지난 뒤 은호는 저녁 일곱 시에 잠들면 새벽 여섯 시까지 잤다. 아기들은 공복으로 그렇게 오랜 시간을 버티지 못하므로 나는 밤 열한 시와 새벽 네 시에 수유했다. 은호는 자다가 젖 냄새를 맡으면 양껏 마시고 다시 잤다. 자면서 먹는 걸 싫어하지 않았고, 먹고 나서 자는 걸 힘들어하지도 않았다. 오로지 나만 힘들었다. 온종일 은호를 돌보느라 녹초가 되어 밤 아홉 시에 잠들면, 두어 시간 있다가 알람이 울렸고, 다시 대여섯 시간 뒤에 알람이 울렸다. 처음에는 정신력으로 버텼는데, 나중에는 지긋지긋했다.

은호가 9개월이 되었을 때, 자다가 깨워서 먹이면 수면 습관에 좋지 않다는 내용을 어디서 읽게 되었고, 나는 새벽 네 시 수유를 없애기로 했다. 은호가 울고불고하면 어쩌나 걱정했지만, 정작 은호는 수유가 없어진지도 모르고 잘 잤다. 그래서 한 달 뒤에 열한 시 수유도 없앴고, 나는 당당히 풀잠의 세계로 돌아갔다. 풀잠은 영어 'full'과 한글 '잠'의 합성어로 아기 키우는 엄마들이 사용하는 말이었다. 나는 임신 중기부터 은호가 9개월이 될 때까지 거의 1년 6개월가량 제대로 된 수면을 누리지 못했고, 아마 대부분의 엄마가 나와 비슷할 것이다.

밤에 알람을 켜둘 필요가 없고, 온전히 잠을 자니 비로소 사람 사는 것 같다는 생각이 들었지만, 그동안 습관이 든 탓인지 깨지 않고 자는 게 어색했고, 자는 시간이 너무 긴 게 아닌가 싶고, 이제 더 이상 조리원 동기들과 채팅할 수 없게 된 것이 아쉬웠다. 그동안 조리원 동기들과 나는 비슷한 시간에 수유한 터라 한밤중에 단체 카톡방에서 톡을 주고받곤 했었다.

우리는 한밤중에 수유를 하면서 기저귀, 로션, 분유의 선택에 서부터 오늘 따라 밤이 긴 것 같다는 서정적인 내용까지 주제를 불문하고 톡을 주고받았고, 어쩌면 그녀들이 마셜 B. 로젠버그의 『비폭력 대화』에 나오는 네 단계를 알고 있을지도 모른다는 생각이 스치기도 했었다.

나는 언제나 다른 사람과 대화를 하고 나면 무언가 미진한 느낌이 들곤 했고, 좀 더 매끄럽게 대화를 나누고 싶은 마음이 있어서 『비폭력 대화』라는 책을 읽었다. 그 책에서는 대화의 방법을 네 가지로 제시하고 있는데, 주관적 판단을 하지 않은 채 행동을 관찰하고, 관찰한 바를 느낌으로 표현하고, 느낌을 일으키는 가치관을 찾아내고, 구체적인 행동을 부탁하라는 것이었다. 간단한 것 같지만, 대화는 물 흐르듯 이어지기 때문에 중간에 어떤 생각을 하고 입을 열려고 하면 이미 대화의 맥락은 흘러가버리고 말았다.

그러나 조리원 동기들과의 대화에서는 그런 것을 신경 쓸 필요가 없었다. 나는 대화에 몸을 싣고, 편하게 흘러 다녔고, 즐겼다.

우리는 서로를 위로해주었고, 보듬어주었으며, 나는 공들여 지은 아늑한 둥지에서 따사로운 보호를 받고 있는 것 같았고, 그 밤의 포근함이 끝난 게 아쉬웠다.

그리 길지 않은 시간이었지만, 우리는 고단하고 풍요로운 밤의 조각들을 나누어 가졌고, 그래서인지 그녀들은 가끔 만나도 반갑고 정겨웠다.

어쨌든 몸무게

　　지인 중에 임신으로 체중이 가장 많이 증가한 사람은 대학 동창 언니로, 그 언니는 아들 셋을 낳았는데, 세 번 임신할 때마다 체중이 30킬로그램씩 쪘다고 했다. 언니 말로는 출산하고 방에 누워 있으면 살 빠지는 소리가 들렸다고 했다. 그게 어떤 소리인지 상상하기 힘들지만, 30킬로그램이 한꺼번에 빠지게 된다면 어떤 소리가 들릴 법도 하다는 생각이 들었다.

　　성인이 된 뒤로 나는 그럭저럭 적당한 몸무게를 유지해 왔는데, 임신으로 10킬로그램이 쪘다. 은호는 3.25킬로그램으로 태어났고, 양수 무게까지 빼자 4킬로그램이 빠졌고, 은호를 낳은 뒤 4~5일 만에 5킬로그램이 더 빠져서 결과적으로 산후조리원에서 나올 때는 임신 전보다 1~2킬로그램이 빠진 상태였다. 매일 산후 마사지를 받고, 온종일 돌침대에 누워 땀을 흘려서 그런 모양이었다. 땀을 어찌나 흘리는지 하루에 옷을 두세 번 갈아입어야 할 정도였다. 땀을 많이 흘리니 기운이 없고 잠이 쏟아졌다.

마사지 때문에 그런 것 같지는 않았다. 나만 빼고 다들 멀쩡했으니까. 내 몸은 수분을 배출하기 위해 안간힘을 썼고, 나는 내 몸을 통제할 수 없음을 절실히 느꼈다.

산후 도우미 아주머니를 불렀어야 했는데, 모르는 분과 단둘이 지내는 게 어색해서 포기하고 혼자 지내기로 했다. 친정어머니에게는 도움을 청할 형편이 못 되었고, 여동생도 조리원에서 나온 뒤 혼자 지냈기에 못할 거 없다고 생각했는데, 여동생 남편은 공무원이었다. 제부는 여동생이 회복할 때까지 칼퇴근했고, 주 5일 근무여서 토요일에 쉬었고, 필요하면 월차도 쓸 수 있었다.

반면에 나의 남편은 주 6일 근무이고, 평일에 여덟 시에 출근해서 여덟 시에 퇴근했다. 월차도 없었다. 남편은 일주일에 두 번씩 회사 근처 반찬가게에서 반찬을 사다 주었지만, 밥과 국은 내가 해야 했다. 하루 세 번 끼니 챙기고, 청소하고, 수유하는 게 만만치 않았다. 게다가 수유하고 돌아서면 허기가 졌다. 밥을 먹고 수유해도 배에 구멍이 뚫린 것처럼 허전했다. 배 속에 있는 음식이 아직 소화도 되지 않은 걸 머리는 아는데, 무언가 입에 욱여넣지 않으면 큰일 날 것처럼 배가 고팠다.

은호를 낳고 산부인과에 있을 때 아는 분이 떡을 한 상자 보내주었다. 명함보다 조금 큰 크기의 흑임자떡과 콩떡이 상자에 반반씩 들어 있었다. 떡 상자에는 설명서도 들어 있었는데, 바로 먹을 것만 빼놓고 냉동해두라고 했다. 먹고 싶을 때 꺼내서 한두 시간 상온에 두면 먹기 좋게 말랑말랑해졌다. 흑임자떡은 깨 향이 고소했고, 콩떡은 씹을수록 감칠맛이 났다.

흑임자떡은 맛은 좋은데, 흑임자 가루가 떨어지고 치아에 끼는 게 불편해서 같은 떡집에서 콩떡을 한 번 더 주문해서 먹었다. 콩떡은 맛있지만, 한입에 다 먹기에는 커서 먹다가 내려놓고, 이런저런 일을 처리하고 남은 떡을 먹으려고 하면 어느새 딱딱하게 굳어서 먹을 수 없었다. 그게 싫어서 크기가 작은 떡을 검색했더니 오메기떡이라는 게 있었다. 겉에 통팥이 잔뜩 붙어 있고, 안에 팥소가 들어간 떡이었다.

5~6개월 동안 오메기떡을 간식으로 먹으며 수유했다. 그러자 도로 6~7킬로그램이 쪘다. 남편은 별말 하지 않는데, 친정어머니가 걱정스러운 눈빛으로 쳐다보았다. 나는 아무렇지 않은 척했지만, 살이 빠지지 않을까봐 겁이 났다.

임신과 출산, 그리고 수유로 이어지는 동안 10킬로그램이 쪘다가 12킬로그램이 빠졌고, 도로 6킬로그램이 쪘다. 수유를 시작한

지 10개월이 되자 은호는 살이 포동포동 올랐고, 이유식도 잘 먹었다. 수유에 자신감이 생겨서 다이어트 해도 모유가 줄어들지 않으리라는 확신이 들었고, 그사이 몸도 좋아진 터였다. 엄마들 사이에는 수유 다이어트라는 말이 있었다. 모유 수유하며 식사를 조절하면 체중 감량이 수월했다.

나는 오메기떡부터 끊었다. 밀려드는 허기를 감당하는 게 힘들었지만, 간식을 먹지 않고 수유하니 첫 달에만 3킬로그램이 빠졌고, 두 번째 달에는 2킬로그램이 더 빠졌다. 조금 더 하면 원래 체중까지 내려갈 수 있을 것 같은데, 부득이 단유하게 되었다. 단유를 하고 나니 더 이상 살이 빠지지 않았다. 결과적으로 출산 전과 비교하면 몸무게가 1~2킬로그램 늘었다.

회복기

신들의 상처를 치료한 꽃이래
작약 몇 송이 조용히

흔들리고 있었다

떨어지는 꽃을 세어 무엇하겠니

밤새가 울 때면
어디서 내 생이 나 모르게
곡을 하고 있는 것 같아

입을 버리고 부르는 노래는
어느 후생이 보내는 자장가인지

신들의 고치 속에서

아홉 잠 자고 나와

냉이꽃과 꽃마리와 어린 참나무잎과

어째서 그 작은 것들이

나를 얼러주는지를 모르는 채

여린 귀들에게

허밍을 넣어주고 온다

용서할 수 있을 것 같은 기분과

쓸 수 있을 것 같은 기분은

왜 닮은 것인지

헐은 꽃자리마다 환약 돋는다

꽃은 가도 꽃받침처럼

비로소 연필을 들어

무르고 연한 것들의

이름을 써보는

허은실, 「회복기」

이렇게까지 행복해도 되나

은호는 가르치지 않아도 엎드리고, 앉고, 기고, 서고, 걸었다. 나는 일부러 은호를 뒤집거나 앉힌 적이 없지만, 은호는 기기 전에 낙하산 자세를 연습했고, 걷기 전에 앉았다가 일어서기를 반복했다.

그러더니 드디어 팔을 들고 비틀비틀 걸었다. 갑작스러운 일이었다. 한동안 무언가를 잡고 일어서고, 옆으로 몇 걸음씩 이동했었는데, 어느 날 머리에 보이지 않는 항아리를 이고 걷는 것처럼 포동포동한 두 팔을 들고 엉덩이를 씰룩이며 걸었다. 그 뒤로는 아침에 일어나서 눈만 뜨면 걸었고, 깨어 있는 동안 앉거나 누우려 하지 않았다. 은호는 만세를 외치는 것처럼 양팔을 들고 걸으며 까르르 소리 내어 웃었다. 웃음소리를 듣고 있노라면 나도 절로 웃게 되었다.

이렇게까지 행복해도 될까. 걷고 있는 은호를 보며 나는 그런 생각을 한 적이 있었다. 은호를 보고 있노라면, 가슴이 뜨겁게 달아오르고, 열기가 퍼지면서 행복이 번졌다. 뿌듯하고, 기뻤다. 다른 부모도 비슷하리라는 데에 생각이 미치면, 세상에 내가 몰랐던 행복이 가득했구나, 싶었다.

하지만, 반대로 인터넷에서는 학대받는 아이와 버려진 아이에 대한 기사를 심심치 않게 볼 수 있었다. 이상하게 은호를 키우고부터 그런 기사가 더 눈에 들어왔고, 안타까웠고, 나도 모르게 눈시울이 뜨거워지곤 했다. 가끔 포털 사이트에 아이들을 후원하는 단체의 광고가 올라오는데, 거기 등장하는 아이들의 삶도 힘겹기는 마찬가지였다.

학대받는 아이에 대한 이야기로 일본 작가 나카무라 후미노리의 소설 『흙 속의 아이』를 들 수 있다. 나는 그 소설을 통해 아이를 학대하는 자와 학대당하는 아이의 마음을 들여다볼 수 있었고, 그 소설의 장점은 학대를 묘사하는데 그치는 게 아니라, 아이가 그것을 어떤 식으로 극복해나가는지 보여주는 데 있다.

소설의 주인공인 나는 택시 운전으로 생계를 꾸려간다. 나는 어린 시절 부모와 헤어지고, 친척집을 전전하다가 '먼 친척' 집에 머물게 되는데, 그들은 수시로 폭력을 행사한다. 손과 발을 사용한 무차별 폭력을 행사하고, 그들은 아기를 키우는데, 아기가 운다는 말도 안 되는 이유로 나를 때리기도 한다. 시간이 지날수록 그들의 폭력은 심각해지고, 급기야 그들은 '나'를 끌고 산으로 가서 흙 속에 파묻는다.

흙 속에 파묻히면서도 나는 무기력하게 그들의 행위를 받아들인다. 이미 모든 감각이 마비된 상태이고, 살아서 무엇 하겠느냐는 생각이 들고, 흙 속이 오히려 편하다고 자포자기하다가 어느 순간 받아들일 수 없다는 생각이 솟구친다. 이럴 수는 없다는 생각이고, 나는 가까스로 흙을 파헤치고 나가서 도망친다. 나는 어둠 속을 달리고, 달리다가 들개를 만나기도 하지만, 포기하지 않고 끝까지 달린다.

이 슬픈 이야기의 끝은 무엇에도 의지하지 않고 두 발로 서는 성인이 되는 것이고, 불행은 우리를 힘들게 할 수 있지만, 꺾어놓을 수는 없다고 소설은 말하고 있다.

증조할아버지가 외출할 때

　요즘 엄마들은 백일에 집에서 간단하게 상을 차려주는
듯했다. 인터넷을 검색하면 감각 있는 엄마들이 백일상을 차려놓
고, 아기와 찍은 사진을 쉽게 볼 수 있었다. 그런데 나는 그 모든 걸
늦게 알았고, 체력이 부족해서 그런 걸 할 여력이 없었고, 요즘 세상
에 백일을 꼭 챙겨야 하나 싶기도 했다.

　내가 백일상을 건너뛸 거라고 하자 친정어머니는 알아서 하라
며 쿨하게 대답했다. 그러더니 백일을 앞둔 주말에 손수 수수팥떡
을 만들어서 가져왔다. 납작한 플라스틱 용기 두 개에 불그스름한
팥고물이 듬뿍 묻은 동글동글한 수수팥떡이 가득 들어 있었다. 나
는 팥을 좋아해서 엄마가 뚜껑을 열자마자 집어먹었다. 달지도, 짜
지도 않은 담담한 맛에서 정성이 느껴졌다.

　직장생활을 하면서 토요일에 수수팥떡까지 해온 게 고맙고 미

안해서, 힘든데 이런 걸 뭐 하러 해왔느냐고 한마디 했더니 친정어머니는 은호가 열 살이 될 때까지 해주고 싶다며 수수팥떡을 먹어야 건강하고 부정 타지 않는다는 말을 덧붙였다. 친정어머니는 시골에서 살다가 스무 살이 되기 전에 도시로 나왔는데, 전통적 가치관을 지키려 애쓰며 살았다. 나는 어렸을 적에 문지방에 서지 마라, 밤에 피리 불지 마라, 밤에 손톱 깎지 마라는 말을 들으며 자랐다.

친정어머니에게 수수팥떡을 받고 나서 그다음 주에 시댁에 내려갔다. 시댁은 서울에서 세 시간 거리인데, 버스가 하루 한 대 다니는 시골이었다. 시어머니도 친정어머니와 마찬가지로 백일상을 차리지 않는 것에 대해 별말하지 않았다. 다만, 사진은 한 장 찍어주는 게 어떻겠냐고 했다. 나는 대답하지 않았지만, 솔직히 내키지 않았다. 요즘은 휴대전화에 카메라가 있어서 언제 어디서든 사진을 찍었다. 사진을 편하게 찍을 수 있는 시대에 돈을 주고 사진 찍는 게 의미가 있나 싶었다. 하루에 열 장이고 백 장이고 찍을 수 있는 게 사진인데.

그런데 시어머니가 돈을 주었다. 돈이 없어서 사진 찍지 않은 건 아니지만, 사진 값을 받고서 찍지 않을 수 없었다. 집으로 돌아와서 급하게 스튜디오를 알아보았다. 반나절을 검색한 끝에 집에서 가까운 스튜디오 한 곳을 찾았다. 설정이 자연스럽고, 사진 퀄리티도 나쁘지 않았다.

스튜디오는 하천 변에 있는 유리로 된 빌딩이었다. 유리로 되어 있어서 실내가 환했고, 벽에는 크게 현상한 아기 사진과 커플, 가족사진이 걸려 있었다. 나는 남편에게 은호를 맡기고, 사진작가와 촬영 콘셉트를 골랐다. 보조 아주머니가 은호의 옷을 갈아입혔고, 사진작가와 촬영 콘셉트에 맞는 장소로 이동했다. 사진 찍는 동안 보조 아주머니 두 명이 은호의 포즈를 잡아주고, 사진작가 곁에서 갖가지 소리를 내며 시선을 끌었다. 아구구, 오로로, 까꿍, 뽀뽀, 쪽쪽, 같은 말들.

사진은 만족스러웠다. 평소 입지 않는 옷을 입고, 일상의 공간이 아닌 오직 사진을 위해 가공된 공간에서 찍은 사진은 우주의 중심이 은호인 것처럼 나왔다. 내가 평소에 찍어주는 사진과 분명히 달랐다. 나중에 보니 백일은 아기다움이 절정인 시기였다. 앉고 기기 시작하면, 누워만 있는 아기의 느낌이 사라졌다.

그래서 돌 사진도 찍어주기로 했다. 베이비 페어에 갔을 때, 마침 백일 사진을 찍었던 스튜디오의 부스가 있어서 행사 상품으로 나온 패키지를 구매했다. 돌 사진은 보통 아기들이 걷기 전에 찍는다고 했다. 제대로 걷기 시작하면 돌아다녀서 사진 찍는 게 쉽지 않은 모양이었다. 돌이 된 은호는 백일에는 불가능했던 다양한 표정과 자세를 연출했다. 컨디션도 좋아서 사진작가가 원하는 순간 예쁘게 잘 웃었다. 촬영 내내 수월하고 즐거워서 기대했는데, 며칠 뒤 받은 사진은 실망스러웠다. 모든 사진에서 은호의 신체가 조금씩 톡톡 잘려나가서 앨범에 넣을 사진을 고르는 게 힘들었다.

며칠 동안 망설이다가 스튜디오에 전화했더니, 재촬영할 수 있다고 했다. 고맙게도 여동생이 다올을 데리고 촬영장에 와주었다. 재촬영의 경우에는 본 촬영에서 입었던 옷만 입어야 하고, 촬영 콘셉트를 바꿀 수 없었다. 받아들일 수 있는 조건이었고, 나는 사진작가를 교체해달라고 했다. 두 번째 촬영은 첫 촬영보다 일찍 끝났다. 사진은 그럭저럭 나쁘지 않았다.

보름 뒤에 두꺼운 앨범과 정사각형 액자 세 개를 찾아왔다. 나는 세 개의 액자를 시댁, 친정, 증조할아버지 댁으로 보냈다. 나의 증조할아버지는 증조할머니, 막내 삼촌과 함께 전라남도 광양에 살고 있었다. 사진을 보낸 뒤 증조할아버지 생신에 친정어머니가 광양에 다녀왔다. 친정어머니는 증조할아버지가 외출할 때마다 현관에 걸어둔 은호 사진을 보며 말을 건넨다고 전해주었다. 증조할아버지는 은호 사진을 보며 "나갔다 오마", "은호야, 이제 왔다, 오늘은 꽃이 많이 피었더구나." 같은 말들을 건네는 모양이었다.

친정어머니의 이야기를 듣고서 소설이 쓰고 싶어졌다. 그런

에피소드가 담긴 소설은 본 적이 없고, 생각해보면 그게 이 세상에 그토록 많은 소설이 존재하는 이유인지 몰랐다. 소설은 삶을 반영하고, 삶은 소설을 만들어냈다. 우리는 모두 하나의 삶을 살 수밖에 없고, 소설을 통해서 새로운 삶을 발견했다. 소설은 나의 삶이 아닌 새로운 삶으로 들어가게 해주는 문이고, 우리는 그 문을 통과해서 여러 개의 인생을 살았다. 여러 개의 인생을 살아본 사람은 하나의 인생만 산 사람과 분명 다를 것이다.

태어나기도 전에 어린이집

나는 은호가 24개월이 되었을 때, 어린이집에 보냈다. 은호와 떨어져 있게 된 첫날, 은호와 같은 반 친구 어머니가 나에게 커피나 한잔 마시자고 했지만, 나는 급한 일이 있어서 가야 한다고, 죄송하다고, 다음에 마시자고 말하고 집으로 달려갔다. 그리고 소파에 앉아서 책을 펼쳤다. 필립 로스의 『울분』. 은호가 깰까봐 마음 졸이지 않고, 책을 보는 시간이 얼마나 소중한지.

'1950년 6월 25일 소련과 중국 공산주의자들의 지원으로 무장한 북한의 정예 사단들이 38도 선을 넘어 남한으로 들어가면서 한국전쟁의 고통이 시작되었고, 나는 그로부터 두 달 반 정도 뒤에 뉴어크 시내에 있는 작은 대학 로버트 트리트에 입학했다'로 시작하는 이 소설은 고등학교를 졸업하고, 대학교에 입학한 한 평범한 대학생의 삶을 담담하게 그려낸다.

이 소설은 소설이 될 것 같지도 않은 상황에서 시작하지만, 평범한 일들이 조금씩 일그러진 결론을 이끌어내면서 결국 기묘하게 상황이 바뀌게 되고, 굉장히 불행해지고 만다. 그 모든 과정이 담담하게 묘사되고 있고, 또 하나의 놀라운 점은 목차이다.

이 소설의 목차는 모두 세 개인데, 첫 번째는 모르핀을 맞고, 두 번째는 벗어나, 세 번째는 역사와 관련된 메모이다. 나는 처음에 별 생각 없이 책을 읽어나갔고, 모르핀을 맞고 부분이 제일 긴데, 책을 읽는 내내 페이지의 귀퉁이에 작게 모르핀을 맞고 라는 글자가 적혀 있고, '벗어나' 부분을 읽을 때에야 '모르핀을 맞고' 부분이 무엇을 의미하는지 이해할 수 있게 되었다. 그건 반전이었고, 그러한 반전이 소설에 새로운 구조를 덧입혔다.

그 자체로도 충분히 놀랍고, 재미있는 소설이지만, 그러한 구조적 장치가 더해지자 더욱 근사했고, 역시 필립 로스라는 생각이 들었다. 필립 로스는 언제나 좋은 이야기를 선사하는 작가이고, 언젠가 한 번은 유튜브를 뒤진 적이 있었다. 그전에는 소설가를 찾기 위해 유튜브를 뒤진 적이 없고, 그 뒤로도 없었다. 아무튼, 나는 필립 로스의 인터뷰를 찾을 수 있었고, 그가 말하는 것을 보는 것만으로도 좋았지만, 인터뷰어가 그의 집을 방문한 걸 찾아낸 것은 예상 밖의 소득이었다. 그는 한적한 곳에 있는 작은 오두막에서 살았는데, 그 집이 그에게 어울린다는 생각이 들었고, 서재는 단순하고, 소박하고, 장식이랄 게 없었다.

원래 계획은 잠시 책을 읽고서 내 소설을 다듬다가 은호를 데리러 갈 생각이었지만, 필립 로스의 『울분』을 다 읽을 때까지 손에서 놓을 수 없었다. 나는 고요한 시간 속에서 책으로 침잠했고, 그건 재충전이었고, 다 읽고 나자 엄마가 아닌 나로 조금 돌아온 것 같았다.

은호의 어린이집은 아이들이 서서히 적응하도록 배려했다. 어린이집 등원 첫 주에는 은호와 내가 함께 어린이집에 머물렀고, 둘째 주에는 은호 혼자 두어 시간 있었고(그때 필립 로스의 『울분』을 읽을 수 있었고), 셋째 주에 점심을 먹고 하원했고, 한 달 뒤에는 어린이집에서 낮잠을 자고, 간식도 먹었다. 그즈음에는 서너 시에 은호를 데리러 어린이집으로 가면 되었고, 은호를 낳은 지 2년 만에 온전한 자유 시간이 주어진 것이었다.

나는 은호가 태어나기 전에 미리 어린이집을 신청했다. 어디에서 누구에게 들었는지 기억나지 않지만, 어린이집에 보내려면 미리 신청해두어야 한다고 했다. 미리 신청하지 않으면 보내지 못할 수도 있다고 했다. 나는 친정어머니, 시어머니 모두 아기를 키워줄 형편이 못 되어서 어린이집에 보내야 했다.

아무리 그렇다 해도 태어나지도 않은 아기를 보내기 위해 어린이집을 예약하는 게 꺼려졌다. 미루고 미루다가 임신 7개월쯤 '서울시 보육포털서비스'에 접속했다. 거기서 동네 어린이집을 검색했다. 어린이집 이름만 보아서는 알 수 있는 게 없어서 구글 지도를 열었다. 그러자 놀랍게도 내가 지나다니던 길에서 어린이집을 여러 곳 발견하게 되었다. 7~8년 넘게 다니던 길인데, 어린이집이 있는 줄 몰랐다. 믿어지지 않아서 직접 밖으로 나갔다. 어린이집은 간판도 컸다. 그런데 그 앞을 수시로 지나다니면서도 나는 거기에 어린이집이 있는 줄 몰랐다.

집에서 가까운 어린이집 대여섯 군데에 대기를 걸었다. 돌 무렵에는 사정이 있어서 보내지 못했고, 두 돌이 되자 은호가 나와 둘이 지내는 걸 지루해하는 것 같았다. 마침 그즈음 어린이집 세 곳에서 연락이 왔다. 어린이집마다 시설과 분위기가 달랐다. 첫 번째 어린이집은 낡았지만, 선생님이 다정하고, 분위기가 가정적이었다. 두 번째 어린이집은 규모가 크고, 선생님이 밝고, 에너지가 넘치고, 분위기가 활기차고 역동적이었다. 세 번째 어린이집은 아담하고 깔끔한 데다가 교구가 많았다. 어린이집 앞에 인조 잔디가 깔린 자그마한 앞마당이 있는 게 좋은 인상을 주었다. 나는 세 번째 어린이집으로 결정했고, 은호는 무난히 적응했다.

30개월에 기저귀를 떼고

기저귀를 풀면, 외출할 때 화장실 위치에 신경 써야 하고, 화장실이 없으면 마음 졸여야 했다. 그리고 2년 넘게 채우다 보니 익숙하고 편했다. 은호가 24개월이 넘어설 무렵, 여동생 딸 다올도 여전히 기저귀를 하고 있어서 나는 별로 걱정하지 않았다. 은호는 다올보다 3개월 늦게 태어났으므로 여유가 있다고 생각했다.

여동생은 한참 전부터 기저귀를 어떻게 할 거냐고 나에게 물었는데, 그때마다 나는 관성적으로 뗄 때 되면 떼겠지, 하고 대답했다. 무더위가 시작되는 6월의 어느 날, 여동생이 전화로 다올이 기저귀 뗐다고 말했을 때 잘되었다고 대답했지만, 내심 놀랐다.

그 여름이 지나고 바람이 선선해질 때까지도 은호는 기저귀를 하고 지냈다. 어느 날인가 놀이터에서 엄마들에게 어린이집에서 배변 훈련을 시작한 것 같다는 말을 전해 들었다. 엄마들은 어린이집에서 기저귀를 떼면 집에서는 수월하다고 말들을 했다. 나의 오랜 친구도 그와 비슷한 말을 한 적이 있었다. 어린이집에서 가리고 나서 집에서 가리게 했다는 거였다.

9월 말에 은호를 데리러 어린이집에 갔는데, 담임선생님이 하원 길에 어두운 얼굴로 은호가 변기에 앉지 않으려 해서 곤란하다고 말했다. 선생님은 은호가 반에서 덩치가 제일 큰데, 변기에 앉지 않으려 해서 다른 아이들에게 영향을 미친다며 도와달라고 했다. 다른 반은 배변 훈련이 진행되고 있는데 은호네 코알라 반은 진척되지 않고 있다는 거였고, 나는 내가 너무 무심했나 싶었다.

마침 개천절이 다가오고 있어서 연휴에 기저귀 떼는 연습을 시키면 되겠다 싶었다. 연휴 시작 전날 밤, 잠자러 들어가기 전에 은호에게 말했다.

"은호야, 내일부터 기저귀 떼자."

은호가 눈을 빛내며 물었다.

"다올이처럼?"

나는 고개를 끄덕였다. 나와 여동생은 영상통화를 자주 하는데, 다올이는 기저귀를 뗀 다음에 몇 번이나 자랑했었다. "나 기저귀를 뗐다!" 다올이가 이렇게 말하면 내가 "다올이 대단해!" 하고 맞장구쳤고, 다올이가 "엄마, 은호는 아직 기저귀 해요? 나는 안 하는데" 하고 말하면, 여동생이 "은호는 동생이잖아. 동생은 기저귀 하는 거야" 하고 대답했다. 은호는 동생이라는 말을 좋아하지 않았다. 동생이라는 말을 들으면 자기는 다 커서 형이 되었다며 목소리를 높였다.

다음 날 아침, 기저귀를 풀고 팬티를 입힐 때 기분이 묘했다. 은호는 시원할 것 같고, 남편과 나는 불안했다. 그래서 휴일인데 외출하지 않았다. 은호는 기저귀 찬 적이 있었냐는 듯 변기에서 소변을 보았다. 하지만 아침마다 보던 대변은 건너뛰었다. 하루는 내버려 두었는데, 다음 날이 되자 고민이 되었다. 그래서 아님 말고의 심정으로 대변을 변기에 누면 로봇을 사주겠다고 말했다.

평소에 은호가 탐내던 터닝메카드 로봇을 사주면 어떨까 싶었다. 동네 놀이터에 가면 형들이 미끄럼틀 꼭대기에서 집어 던지고 미끄럼을 타고 내려와 줍던 작은 자동차 변신 로봇. 은호는 언제나 그 형들을 부러운 듯 바라보곤 했었다.

터닝메카드 로봇을 가지고 싶어서였는지, 오후에 은호는 변기에 대변을 눴고, 우리는 장난감 가게로 갔다. 장난감 가게에 다녀오는 동안에도 은호는 별다른 실수를 하지 않았다. 저녁에 여동생과 통화하는데, 이틀째인데 생각보다 적응을 잘해서 기특하다고 말하자 그러면 밤에도 채우지 말라고 했다. 여동생은 과감하게 채우지 않아야 기저귀를 빨리 뗀다고 말했고, 대혼란이 올 거라는 생각이 들었지만, 틀린 말이 아닌 것 같아서 기저귀를 채우지 않고 재웠다.

이불을 새로 살 때가 된 터라 오줌을 싸면 버리면 된다고 스스로에게 세뇌하며 은호를 재웠는데, 새벽에 "엄마" 하는 소리에 눈을 뜨니 이불이 축축했다. 물로 씻기면 잠이 완전히 깰 것 같아서 물티슈로 닦아주고, 옷을 갈아입혔다. 이불을 교체하고 다시 재우는데, 한숨이 나왔다. 매일 이럴까봐 걱정이 되고, 그렇다고 화를 낼 수도 없었다. 스스로 가릴 수 있을 때까지 기다리는 수밖에.

남편과 나는 인터넷으로 보온 도시락통처럼 생긴 파란색 오줌통을 샀다. 휴대하고 다니며 오줌을 받는 통이었다. 여동생은 다올을 위해 준비한 대변 봉지를 나누어주었다. 대변 봉지는 일반 봉지보다 두꺼운 비닐 봉투인데 안에 도톰한 패드 같은 것이 있어서 잘 펼쳐놓으면 간이 화장실이 될 수 있을 것 같았다. 나는 한동안 오줌통과 대변 봉지를 가방에 넣고 다녔다.

기저귀 뗀 지 일주일이 지나자 적응이 된 듯했다. 집에서 나갈 때 소변을 보게 하고, 밖에서 두세 시간마다 한 번씩 화장실에 들렀다. 은호는 대변을 아침에 보는 편이어서 편했다.

어느 주말에 남편과 나와 은호는 애플 매장에 갔다. 휴대폰을 교체할 때가 되었고, 노트북도 알아보는 중이었다. 우리는 하얗고 천장이 높은 애플 매장에서 흩어져 구경을 했다. 은호는 아빠와 함께 아이폰에 그림을 그리며 장난을 쳤고, 나는 노트북을 살펴보았다. 그런데 갑자기 "엄마" 하는 소리가 들렸다. 겁에 질린 목소리에 놀라서 내려다보니 은호 발 주위에 물이 고이고 있었다. 남편이 은호를 들쳐 안고 화장실로 뛰었고, 나는 직원이 가지고 온 대걸레로 바닥을 닦고 뒤따라갔다. 남편과 은호는 화장실에서 오래 머물다가 나왔다. 남편은 피곤에 절은 얼굴로 대변과 소변을 한꺼번에 봐서 거의 목욕 수준으로 씻겨야 했다며 투덜댔다.

그 뒤로 은호는 어린이집에서 오줌을 두 번 더 쌌다. 담임선생님 말로는 동화책을 읽거나 노래를 부를 때 그런다고 했다. 집중하느라 오줌 마려운 걸 참는 것 같다는 거였고, 나는 은호에게 마려우면 참지 말고 화장실에 가라고 했다. 말하면서도 잘 할 수 있을까 걱정했는데, 다행히 잘 적응해주었다.

은호는 30개월에 기저귀를 떼고, 뽀로로 젓가락으로 반찬을 집어먹고, 영어로 간단한 노래를 흥얼거렸다. 낮에 한두 시간 낮잠 자는 것을 빼면 어른과 다를 바 없이 생활했다. 아기 티를 벗은 모습을 보고 있노라면, 다가올 사춘기 시절이 벌써 두렵기도 했다. 놀이터에서 엄마들을 만나면, 저 귀여운 아이들이 돌변할 걸 생각하면 무섭다는 말을 하곤 했다. 인생의 어느 시점에 다다르면 누구나 『호밀밭의 파수꾼』의 주인공 홀든 콜필드처럼 되는 법이니까.

"아빠는 오빠를 죽이고 말 거야" 하고 피비가 말했다.

그러나 나는 듣고 있지 않았다. 다른 것을 생각하고 있었다. 미치광이 같은 것을. "내가 뭐가 되고 싶은지 말해줄까?" 하고 내가 입을 열었다.

"내가 뭐가 되고 싶은지 말해줘? 만일 내게 그 지랄 같은 선택권이 있다면 말야."

"뭔데? 욕 좀 하지 말고 말해봐."

"너 그 노래 알고 있지? '호밀밭을 걸어오는 사람을 붙잡는다면' 하는 노래 말야. 바로 내가 되고 싶은 것은……."

"그건 「호밀밭을 걸어오는 누군가를 만나면」이라는 노래야" 하고 피비가 말했다. "그건 시야. 로버트 번스가 쓴."

"알고 있어. 로버트 번스의 시라는 것은."

피비의 말이 옳았다. 「호밀밭을 걸어오는 누군가를 만나면」이라고 해야 옳았다. 사실 그때는 그 시를 잘 몰랐다.

"'만나면'을 '붙잡는다면'으로 잘못 알고 있었어" 하고 말했다.

"어쨌거나 나는 넓은 호밀밭 같은 데서 조그만 어린애들이 어떤 놀이를 하고 있는 것을 항상 눈앞에 그려본단 말야. 몇 천 명의 아이들이 있을 뿐 주위에 어른이라곤 나밖엔 아무도 없어. 나는 아득한 낭떠러지 옆에 서 있는 거야. 내가 하는 일은 누구든지 낭떠러지에서 떨어질 것 같으면 얼른 가서 붙잡아 주는 거지. 애들이란 달릴 때는 저희가 어디로 달리고 있는지 모르잖아? 그런 때 내가 어딘가에서 나타나 그 애를 붙잡아야 하는 거야. 하루 종일 그 일만 하면 돼. 이를테면 호밀밭의 파수꾼이 되는 거야. 바보 같은 짓인 줄은 알고 있어. 하지만 내가 정말 되고 싶은 것은 그것밖에 없어. 바보 같은 짓인 줄은 알고 있지만 말야."

피비는 오랫동안 말이 없었다. 그러다가 무슨 말을 하나 했더니 또 "아빠는 오빠를 죽일 거야"라고 말하는 것이었다.

"죽어도 좋아."

나는 그렇게 말하면서 침대에서 일어났다.

제롬 데이비드 샐린저, 『호밀밭의 파수꾼』에서

에필로그

며칠 전 여동생과 통화를 하는데, 이런저런 이야기 끝에 여동생이 독서에 대한 책을 읽고 있다고 말했다. 여동생은 종종 육아 서적을 읽는데, 나는 그 내용을 듣는 걸 좋아해서 어떤 책이냐고 물었다. 여동생은 읽은 내용을 자세히 설명해주었다. 요즘 아이들의 독해력이 떨어져서 공부를 제대로 할 수 없고, 초등학교 고학년 때 국어 점수가 떨어지면, 그게 그 뒤의 공부를 좌우할 수 있고, 공부는 보고 듣는 것도 중요하지만 혼자 듣고, 정리하는 것도 중요하고, 요즘 아이들은 그걸 할 줄 몰라서 큰일이고, 독서가 그러한 것을 뒷받침해주는 게 증명되었고, ……

나는 여동생의 이야기를 들으며 오래전에 가졌던 작은 꿈을 떠올렸다. 살다 보면, 지인의 집에 방문하는 경우가 생기는데, 생각보다 소설을 가지고 있는 사람이 적었고, 그게 아쉬워서 생각한 것이었다.

나는 이 세상 모든 가정에 작은 서재가 있었으면 싶었다. 인생의 어느 한 시기를 함께 한 소설로 이루어진 작은 컬렉션을 모든 사람이 소장한다면 어떨까. 아주 클 필요는 없었다. 작은 선반도 좋고,

책꽂이 하나도 좋았다. 누군가의 집을 방문해서 그 혹은 그녀의 컬렉션을 보며 소설과 작가와 인생에 대해 이런저런 대화를 도란도란 나눌 수 있다면.

아마도 그런 공간이 있다면 아이와 책에 대해 대화를 나누는 일도 많아질 것이고, 아이도 자라면서 소설 컬렉션을 소장하게 될 것이다. 만일 정말로 그렇게 된다면, 독해력이 떨어지는 것을 걱정할 필요가 없을 것이라고 나는 확신한다.

이 에세이가 잊고 있던 나의 작은 꿈이 이루어지는데, 조그만 기여를 할 수 있을지도 모르겠다는 생각이 든다.

이 책이 나오는데, 많은 우여곡절이 있었다. 먼저, 그 모든 시간을 함께 해 준 나의 남편 이재민과 이 책의 주인공 이은호에게 감사 인사를 전한다. 그리고 등단만 했지, 이렇다 할 활동이 없는 소설가인 나를 홀로 꿋꿋이 믿고 에세이를 계약해준 박찬세와 김성규 선배님에게도 감사드리고 싶다. 호텔 프린스에서 만나 나에게 에너지를 팍팍 넣어주신 동화작가 임지형 선생님, 두 아들을 키우면서도 세심하게 신경 써준 유지서 편집자님, 예쁘게 책을 만들어준 디자이너 진다솜 님, 다정하고 살뜰하게 챙겨주신 김은경 시인까지. 이 책은 여러분이 만들어주신 거예요. 다시 한 번 감사합니다.

한 가지 아쉬운 것은 이 책에서 소개하지 못한 소설가가 많다는 것이다. 박경리, 박완서, 권여선, 황석영, 카뮈, 설터, 오스터, 마르 케스, 에코, 보르헤스, 매큐언 등. 그들의 이름을 되뇌는 것만으로도 나는 기분이 좋아진다. 그들이 이 세상에 태어나서 좋은 소설을 써 주었기에 내가 여기 있는 게 아닌가 싶다.

김연희

• 엄마의 독서 목록 •

김승옥, 『무진기행』, 범우사, 2001년 10월.
김인희, 「너의 봄은 맛있니」(『너의 봄은 맛있니』 수록작), 작은파도음, 2016년 11월.
김인희, 「물무 네일」(『너의 봄은 맛있니』 수록작), 작은파도음, 2016년 11월.
박서영, 「은신처」(『좋은 구름』 수록작), 실천문학 2014년 2월.
박소란, 「아기」(『한 사람의 닫힌 문』 수록작), 창작과비평사, 2019년 1월.
안현미, 「비밀목」(『곰곰』 수록작), 걷는사람, 2018년 9월.
최은영, 『쇼코의 미소』, 문학동네, 2016년 7월.
권혜영, 「동조림 공장」(『식녀의 구애』 수록작), 문학과지성사, 2011년 8월.
한 강, 『채식주의자』, 창작과비평사, 2016년 5월.
허은실, 「회복기」(『대인을 어느 작가 73호』 수록작), 한국작가회의, 2018년.
홍희정, 『시간 있으면 나 좀 좋아해줘』, 문학동네, 2013년 10월.
황현산, 『밤이 선생이다』, 난다, 2018년 7월.

귀스타브 플로베르, 『보바리 부인』, 더클래식, 2014년 11월.
나카무라 후미노리, 『흙 속의 아이』, 민음사, 2006년 11월.
다이앤 애커먼, 『감각의 박물학』, 작가정신, 2017년 8월.
데이비드 허버트 로렌스, 『채털리 부인의 사랑』, 범우사, 2006년 9월.
돈 드릴로, 『화이트 노이즈』, 창작과비평사, 2005년 9월.
마셜 B. 로젠버그, 『비폭력 대화』, 한국NVC센터, 2016년 9월.
미셸 슈나이더, 『글렌 굴드』, 피아노 솔로』, 2007년 10월.
밀란 쿤데라, 『불멸』, 청년사, 2002년 9월.
반디 게올라흐, 『머신 사전』, 을유문화사, 2009년 7월.
사무엘 베케트, 『고도를 기다리며』, 민음사, 2000년 11월.
아모스 오즈, 『나의 미카엘』, 민음사, 2002년 6월.
어니스트 헤밍웨이, 『노인과 바다』, 범우사, 2017년 1월.
에리히 마리아 레마르크, 『개선문』, 범우사, 1999년 12월.
에밀 졸라, 『여인들의 행복 백화점』, 시공사, 2015년 9월.
오가와 요리코, 『한밤중의 베이커리2』, 은행나무, 2014년 2월.
에옴 데이비드, 샐린 식, 『호밀밭의 파수꾼』, 문예출판사, 1998년 8월.
제인 오스틴, 『오만과 편견』, 범우사, 1998년 11월.
줌파 라히리, 『저지대』, 마음산책, 2014년 3월.
코맥 매카시, 『로드』, 문학동네, 2008년 10월.

타샤 튜더, 『타샤 튜더, 나의 정원』, 윌북, 2009년 11월.

케네스 C. 데이비스, 『세계의 모든 신화』, 푸른숲, 2008년 11월.

트레이시 호그·멜린다 블로우, 『베이비 위스퍼』, 세종서적, 2014년 2월.

페티 회, 『스밀라의 눈에 대한 감각』, 마음산책, 2005년 8월.

필립 로스, 『울분』, 문학동네, 2015년 9월.

하비에르 마리아스, 『내일 전쟁터에서 나를 생각하라』, 예문, 2001년 7월.

허먼 멜빌, 『모비 딕』, 작가정신, 2011년 11월.

헤르타 밀러, 『숨그네』, 문학동네, 2012년 11월.

• 약 정보 참고 도서 •

김정한, 『약 사용 설명서』, 지식채널, 2012.

모연화, 『우리 아이 약 제대로 알고 먹이나요』, 램앤파커스, 2013.

박문일, 『해피버스플랜』, 동아일보사, 2015.

윤수진, 『엄마는 약 선생』, 한빛라이프, 2014.

권김부, 『임신출산육아 대백과』, 삼성출판사, 2016.

하정훈, 『삐뽀삐뽀 119(개정10판)』, 그린비라이프, 2012.

하정훈, 『삐뽀삐뽀 119 이유식』, 그린비라이프, 2013.

황정민·하정훈, 『삐뽀삐뽀 119 소아안과 클리닉』, 그린비라이프, 2008.

Goldmann, Daid R, 『American college of physicians complete home medical guide』, 이지케어텍,
2003.

• 약 정보 참고 자료 •

차병원, <행복한 280일 임신 가이드>

• 약 정보 참고 웹사이트 •

건강IN <http://hi.nhis.or.kr>

보건복지부 <http://www.mohw.go.kr>

서울아산병원 <http://www.amc.seoul.kr>

아시아투데이 <http://www.asiatoday.co.kr>

약학정보원 <http://www.health.kr>

임신육아종합포털 아이사랑 <http://www.childcare.go.kr>

아무것도 모르는데 엄마가 되었습니다
2019년 5월 15일 1판1쇄 펴냄

지은이	김연희
펴낸이	김성규
책임편집	유지서
디자인	진다솜
펴낸곳	걷는사람
주소	서울시 마포구 월드컵로16길 51 서교자이빌 304호
전화	02 323 2602
팩스	02 323 2603
등록	2016년 11월 18일 제25100-2016-000083호

ISBN 979-11-89128-29-6 04800
ISBN 979-11-89128-13-5 (세트) 04800